자신의 취향으로
자신을 단련한다

# 자신의 취향으로
# 자신을 단련한다

소노아야코 글

김난주 옮김

멜론

/ 차례 /

# 처음에

며칠 전, 텔레비전을 보고 있는데 화장품 광고가 나오더군요. '얼굴 나이'라는 말이 여러 번 등장했는데, 이 크림을 사용하면 '얼굴 나이'가 이렇게 젊어진다는 얘기였습니다. 아닌 게 아니라 요즘 여성들은 우리 어머니 시대와는 무척 다릅니다. 식생활과 삶의 환경이 좋아진 덕분인지 젊고 아름다운 사람이 많아졌죠.

한편 나는 어느 입바른 외국인이 "사람은 모두 자기 나이만큼으로 보인다"고 했던 말을 좋아합니다. 즉 사람은 누구나 나이를 먹으면 경험이 풍부해지고, 정신적으로도 풍성해진다는 뜻이겠죠. 그런데 '얼굴 나이'에만 집착한 나머지 책도 읽지 않고 미용과 멋내기에만 마음을 쏟다가 삶의 밑바탕을 잃어버린 사람도 늘지 않았나 하는 생각이 듭니다.

삶의 기본이라고도 할 수 있는 이 밑바탕은 사실은 아주 중요한 것입니다. 그것이 없으면 시류에 휩쓸리고, 휩쓸리다 보면 자신을 잃어버리고, 그러다 끝내 죽는 경우도 있습니다. 그런데 오늘날의 일본은 밑바탕과 기본이 문제가 아니라 말단이 중요한 시대가 되고 말았습니다. 물론 그 또한 시대의 흐름이라 할 수는 있겠죠.

나는 비겁한 사람이라서 시대의 흐름을 거스르는 일은 하지 못합니다. 그런데도 문득 그 흐름의 한편에 서서, 거의 썩어가면서도 흐름에 굴하지 않고 우뚝 서 있는 말뚝의 모습에 넋을 잃곤 합니다. 이 책의 배경에는 그런 광경이 있는지도 모르겠군요.

# #1

xxxxxxxxxxxxxxxxxxxxxxxxxxxxxxxxxxxxxxxxxxxxxxxxxxx

## 인간 본디의
## 상상력이란

어떤 상황에서든 스스로 생각하고
상상하고 해결 방법을 연구하면서
사는 것이 인간의 기본이라고 생각합니다.

# 현실 속에
# 산다

작가로 막 출발했을 무렵, 우리 집을 종종 찾아준 중년의 편집자가 있었습니다. 언제나 베레모를 쓴 모습에 보라색 보자기 꾸러미를 안고 우리 집까지 걸어와서는 현관 앞에서 이렇게 말하곤 했죠.

"이시자카 요시로 선생님 댁에 갔다가 돌아가는 길에 한 번 들러봤습니다. 특별한 일은 없어요."

그러고는 내 안색을 살피며 이렇게 물었습니다.

"그 후에 뭘 좀 썼습니까?"

한낮의 순찰인 셈이었죠. 어떤 면에서는 뛰어난 감각을 지닌 편집자였습니다.

과거에는 마감 날짜를 지키지 않아 편집자를 난감하게 하는 작가들이 아주 많았습니다. 지금은 애먹이는 작가를 꺼리는 경향이 있지만, 그런 작가일수록 편집자의 사랑을 받는 일도 없지는 않습니다. 마감을 지키지 않아 곤욕을 치를 때는 화가 나지만, 결과적으로 교제가 깊어지는 것 또한 인간관계의 묘미이니까요.

내가 아는 어느 젊은 여자는 춤에 아주 탁월한 재능이 있는데, 다소 엉뚱한 면이 있기도 합니다. 식구들이 밖에 나가 혼자 남았을 때, 온 집 안의 문이란 문은 다 잠근 채 부모가 돌아와도 열어주지 않는 것이죠. 한번은 어머니가 가정교사를 데리고 와 소개하려 했는데, 문을 열어주지 않아 황당했던 일도 있었다고 합니다. 왜 그러는지 이유를 물어봤더니, "싫으니까" 하고 대답하더랍니다.

보기에 따라서는 그녀를 강한 의지의 소유자라고 할 수 있겠지만, 현실감각은 전혀 없다고 해야 할 것입니다. 우리들 인간의 삶이란, 바람이 불면 먼지가 일고, 춥거나 덥고, 방이 어지럽게 널려 있고, 손님이 불쑥 찾아오고, 때로는 집 안에 쥐가 돌아다니는, 어디까지나 그런 현실 공간 속에 있기 때문이죠.

현실의 유입을 거부하기 위해 자기 마음대로 할 수 있는 인공적인 공간을 고집스럽게 유지하다 보면 점차 현실 감각을 잃게 됩니다. 즉 외부의 소음이 전혀 들리지 않는 완전한 방음 상태의 스튜디오 같은 일종의 죽은 공간에서 살게 되는 것이죠. 그런 삶을 좋아하는 사람들이 늘어나면 언젠가는 세상에서 철학도 사라지게 됩니다.

애당초 철학이란 생활에 근거를 둔 것이며 생활이란 즉 현실감각 그 자체이기 때문에 텔레비전과 컴퓨터, 그리고 휴대전화에 찌든 생활을 하다 보면 잃어버리기 십상입니다. 이십 대인 손자의 이야기를 들어보면, 컴퓨터도 휴대전화도 상당히 편리한 도구라는 것을 알 수 있습니다. 다소 고리타분한 오십 대의 아들도 정보는 정보, 지식은 지식이라는 식으로 가려 편리하게 사용하고 있는 듯한데, 나자신은 평범한 고령자답게 전혀 흥미를 느끼지 못합니다.

등산의 가치는 실제로 숨을 헐떡이며 산에 오르는 것에

있습니다. 마찬가지로 니체의 사상도 요즘 유행하는 '다이제스트판'을 읽는 정도로는 이해할 수 없다고 생각합니다. 지식과 체험은 전혀 별개이며, 체험에 지식이 공급되어야 비로소 사상으로 살아날 수 있으니까요. 어느 한쪽이 없으면 아무 소용이 없습니다.

사상이란 자신의 생활과 체험을 통해서만 획득할 수 있고, 지식만으로 삶을 살아가는 것은 억지스러운 일입니다. 이 점을 이해하지 못하면 현실감각이 뒤틀리기 시작합니다.

지금으로부터 70여 년 전, 스위스의 의사이며 작가인 막스 피카르트 Max Picard의 《하느님으로부터의 도피 The Flight from God》 속에는 이런 말이 있습니다.


'즐거운 음악을 들은 후에 뉴스 프로그램으로 다이얼을 돌리면, 실로 불행한 사건이 보도되고 그다음에는 주가가 올랐다는 경제 시황이 전해진다. 순간순간, 인간은 아무 맥락 없는 전혀 별개의 생각을 하게 되었다……'

피카르트는 라디오를 들으면서 한탄한 것이지만, 지금은 상황이 더 심각합니다.

거의 반세기 가까운 오래전의 일인데요, NHK의 방송기술연구소에서 최신 영상 기술을 견학한 적이 있습니다. 너비 10미터, 높이 4미터 정도(라고 기억합니다)의 거대한 스크린에 소형 비행기에서 촬영한 일본 알프스(어쩌면 다른 산이었을지도 모르겠군요)가 비쳤는데, 나는 정말 그 비행기에 타고 있는 기분이었죠. 아래를 내려다보면 배가 욱신거릴 정도로 무서웠습니다. 그때 나는 '영상 기술이 이렇게까지 발달했으니, 인간이 언젠가는 종일 텔레비전에 파묻혀 살겠군. 술이나 마약과는 다르지만, 일종의 마약에 찌든 생활을 하게 되겠어' 하고 생각했습니다.

옛날에 중국의 아편굴에는 종일 아편을 피우며 꿈속을 헤매는 사람들이 있었는데, 현실도피라는 점에서 텔레비전 중독도 마찬가지입니다. 마음 내키는 대로 채널을 바꿔가며 화면에 정신을 팔다 보면 순식간에 하루가 지나가죠. 텔레비전을 시청하는 시간이 하루하루 늘어나면서 문화적 마약과도 같은 새로운 장면을 늘 접하게 됩니다.

그런데 가장 큰 문제는 휴대전화나 컴퓨터를 몇 시간 조작해본들, 분명한 목적을 지닌 생산성이 따르지 않는다는 것입니다. 잡다한 지식은 늘어날지 몰라도, 지식이란 일정한 방향성 아래 집약되지 않으면 아무 쓸모가 없기 때문이죠.

오늘날의 사람들은 능동성을 잃고 수동적으로 변해가고 있습니다. 텔레비전의 채널을 바꾸고 인터넷으로 정보를 수집하는 것도 능동적인 행위라 할 수 있겠지만, 나는 아주 수동적인 문화 행위에 불과하다고 생각합니다.

텔레비전을 시청하다 보면, 안 봐도 될 것까지 자동으로 보게 되니 시간이 그냥 흘러갑니다. 텔레비전 자체가 나쁜 것이 아니라, 그런 생활에 젖어 살다 보면 끝내는 인간이 누릴 수 있는 삶의 시간이 줄어든다는 말입니다. 건강과 정신 역시 좀먹게 되죠. 화면 속에서는 무수한 사람들이 죽어가는데, 사람들은 그런 화면을 보면서 태연하게 라면을 먹습니다. 텔레비전을 보고 인터넷을 할 때는 이쪽과 저쪽은 다른 세계라는 확실한 의식이 있기 때문이죠.

물론 인간은 내내 웃으면서, 또는 울면서 살 수는 없습니다.

예를 들어 지진이 발생해 가족이나 친지를 잃으면 식욕이 없어지는 것은 당연한 일이지만, 아무리 슬픔에 젖어 있는 때라도 어느 순간에는 배가 고프다는 것을 느끼게 됩니다. 먹지 않으면 살 수가 없다, 그렇게 느끼는 순간 인간은 동물적인 본능을 앞세워 먹게 됩니다. 삶을 지속하기 위한 집념이 자동으로 작동하는 것이죠.

그런데 삶에 대한 집념이 존재한다는 것조차 잊을 만큼 먹을거리가 풍족해지면, 이번에는 안심한 나머지 그 환경에 안주하게 됩니다. 이는 큰 문제가 아닐 수 없죠.

아프리카에서는 콜레라가 일상적인 병이라 수많은 아이들이 콜레라에 걸리는데, 그 치료 방법은 의학이 발달한 우리나라보다 한층 유효적절합니다. 의학이 발달한 나라의 병원에서는 콜레라 환자가 들어오면 수액과 항생물질을 주사하면서 환자에게 안정을 취하도록 하겠지만, 아프리카에서는 그렇게 호화로운 치료는 기대할 수 없죠. 그래서 그들은 구토와 설사로 인해 몸에서 빠져나간 수분과 똑같은 양의 수분을 섭취합니다. 설사로 2리터 정도의 물이 빠져나갔다면 2리터의 물과 염분을 섭취하는 것이죠. 그렇게 하면 탈수 증세로 사망하는 일도 없거니와, 약과 의료 기구 없이도 환자의 목숨을 살릴 수 있습니다.

그들은 주전자나 냄비에 물을 끓이고, 거기에 구호물자로 받은 설탕과 소금을 조금 뿌려 음용 식염수를 만듭니다. 약이라고는 없는 곳에서 만들어낸 훌륭한 수액 대용품인데, 그 물을 계속해서 마시면 살 수 있다고 경험을 통해 배운 것이죠.

맛은 없지만 참고 마시는 아이는 살아나고, 마시지 못하면 죽을 수밖에 없습니다. 가혹하게 들릴지 모르겠으나, 안전과 물을 당연시하는 현대의 여러 나라가 '콜레라에 걸려 죽는 일은 없다'고 생각하는 것과는 전혀 차원이 다릅니다.

무슨 일이든 타인에게 맡기고도 살아갈 수 있는 나라에서는 그런 삶의 가혹함이 사라지고, 생의 본질을 대하는 자세도 왜곡되기 마련입니다.

물론 인간은 내내 웃으면서,
또는 울면서 살 수는 없습니다.

# 음식을
# 통해 땅과
# 이어진다

　　가만히 있어도 신변의 안전이 보장되고 먹을거리가 주어지는 환경에서는 먹는 것에 대한 감각도 이상해집니다. 옛날에는 제 손으로 농사를 짓지 않더라도, 봄이 오면 누군가는 논에 물을 대고 모종을 하고 잡초를 뽑고, 가을이면 누렇게 익은 벼를 거두어들여 빻는다는 지식을 다들 자연스럽게 지니고 있었죠.

　　그런데 농업과 음식이 분리되면서 대학을 나온 우수한 인재가 '양파는 나무에 열리는 것인가?' 하는 소리를 아무렇지 않게 하곤 합니다.

전에 이집트의 발굴 현장을 찾았다가, 현장 사람들에게 우리 음식을 만들어준 적이 있는데요. 나는 음식을 대충, 후다닥 만들기 좋아하는 사람이라서 그때도 "뭐 만들어 드릴까요?" 하고 괜한 소리를 한 것이죠. 닭과 양파와 달걀, 그리고 간장과 설탕이 있다기에 달걀덮밥을 만들자 싶었는데, 잠시 후 뒤쪽에서 닭이 퍼덕거리는 요란한 소리가 났습니다. 그때야 지금 닭을 잡고 있다는 것을 알고서 후회했지만, 이미 때는 늦었죠. 간신히 달걀덮밥을 만들기는 했는데, 생닭에서 털을 뽑아내는 것도 뼈에서 살을 발라내는 것도 쉬운 일이 아니었습니다.

하지만 원래 요리란 그런 것이 아닐까요? 우리는 닭고기도 채소도 쌀도 모두 팩에 포장되어 슈퍼마켓에 진열돼 있는 것을 사다 먹습니다. 닭 한 마리 잡은 일도 없거니와 쌀과 채소가 어디서 어떻게 생산되는지 알지 못하니, 음식이 어떻게 자신의 입으로 들어가는지 그 과정을 의식하는 일도 없죠.

즉 인간과 땅이 전혀 이어져 있지 않은 것이죠. 이는 지식으로 해결할 수 있는 문제가 아닙니다. 근자에 온갖 사상이 허공에 떠 있는 것처럼 느껴지는 것은 바로 이 때문이라고 생각합니다.

옛날에 호주에서 뉴질랜드로 입국할 때 일입니다.

"여기에 오기 전에 어떤 곳을 거쳤는가?"

"호주에서는 목장을 방문한 적이 있는가?"

구제역을 경계하기 때문인지 입국 심사관이 그런 질문을 집요하게 계속하더군요.

목장에 다녀왔다고 하자 온몸에 소독약을 뿌리고, 어린 아들이 용돈으로 산 양의 뿔을 꺼내 보이자 "기념으로 산 것이라도 절대 안 된다. 이 자리에서 버리지 않으려거든 지금 당장 상자에 싸서 일본으로 보내라"고 했습니다. 그때 나는 그들이 목축업에 얼마나 철저하게 임하는지를 절감했습니다.

동물도 그렇지만 식물도 병을 앓습니다. 여러분도 한번 양배추 모종을 사다 농약을 치지 않고 키워보시죠. 아침저녁으로 벌레가 눈에 띌 때마다 잡아 죽여도 마지막에는 잎사귀가 너덜너덜해질 정도로 벌레가 끼어 포기하고 마는 게 보통입니다. 지대가 높은 곳이라면 몰라도 봄이 되어 나비가 날아다니기 시작하면 양배추는 절대 키울 수 없습니다. 제 손으로 키워보면 잘 알 수 있는데, 양배추는 잎사귀 겉부터 벌레가 먹어 들어가기 때문에 접착력이 강한 살충제를 뿌려 구제해야 합니다. 그러니 슈퍼마켓에 진열된, 벌레 먹은 구멍 하나 없는 양배추는 그만큼 살충제를 많이 뿌린 상품이라는 뜻이죠.

우리가 먹는 음식과 연관된 것은 모두 땅과 이어져 있습니다. 그 중요성은 생활 속에서 체험을 통해 느끼고 실감하지 않으면 얻을 수 없는 지식인데, 그런 교육을 실시하지 않는 것은 현 교육제도의 한 문제점이라 할 수 있겠죠.

# 풍요로움의
# 빈곤화

1972년, 칠레의 안데스 산맥에 비행기가 추락하는 사고가 있었습니다. 살아남은 럭비팀 16명은 굶주림과 처절한 사투를 벌이는 중에 죽은 사람의 살을 먹기도 했죠. 구출된 사람들을 맞는 자리에서, 아들을 사고로 잃은 아버지는 살아 돌아온 사람들에게 이렇게 말했다고 합니다.

"나는 의사로서 이렇게 될 것을 알고 있었다. 고마운 일이다, 16명의 생명을 살리기 위해 죽은 사람이 몇 명 있었으니."

세상에 이렇듯 멋진 말이 있을 수 있을까요? 보기에 따라서는 처참한 사건일지 모르겠으나, 클레이 블레어Clay Blair Jr.의 명저 《안데스의 성찬 Survive》에 등장하는 이 아버지의 말을 나는 잊을 수 없습니다. 그 자리에서 이 아버지는 "아들의 살을 먹은 놈들의 얼굴은 보고 싶지 않다" 하며 감정적으로 화를 낼 수도 있었을 테지요. 자신의 아들이 사고로 죽었으며 그 살을 먹은 사람이 있다는 것은 사실이니까요. 그러나 그 결과 누군가는 목숨을 구했으니 기쁜 일이 아닌가, 라고 한 이 아버지야말로 진정한 인간만이 할 수 있는 말을 했다고 생각합니다.

이렇게 공감이란 상상력 없이는 할 수 없는 것입니다. 상상하는 능력은 인간을 다른 동물이나 유인원과 구별하는 두뇌 작용 중에서도 가장 탁월한 부분입니다.

영상이나 비주얼이 전달하는 것은 어디까지나 결과이지만, 활자는 끊임없이 추측과 상상을 자극하기 때문에 머릿속에서 활자가 그림으로 전환됩니다. 마찬가지로 사람 사이에서 나는 냄새는 영상으로는 전할 수 없지만, 활자를 통해서는 상상이라는 과정을 거쳐 환기할 수 있습니다. 영상은 물론 해일 같은 엄청난 것을 장면으로 전달할 수 있지만, 인간이 그때 느끼는 공포와 소리, 냄새는 전달하지 못합니다.

나는 해외 선교자 활동 후원회(JAMOS)라는 NGO에서 활동하고 있기 때문에, 아프리카나 인도 등의 재정이 빈약한 단체나 시설로부터 신청을 받아 후원금을 보내기도 합니다. 그저 서류상의 절차를 통해 후원금만 보내는 것이 아니라, 가능하면 현지에 가서 사람들이 정성껏 모아 보낸 돈이 신청한 내용에 따라 잘 쓰이고 있는지 확인도 합니다.

물론 굳이 직접 가지 않아도, 그쪽에서 메일로 보내주는 사진을 보면 확인이 가능하겠죠. 그런데도 내가 우직하다 싶을 만큼 현지를 찾는 것은 사진으로는 전달되지 않는 것이 있기 때문입니다.

그 하나가 냄새입니다. 허술하게 다뤄지는 곳에서는 나쁜 냄새가 납니다. 말기 에이즈 환자는 피가 섞인 설사를 하는 등 출혈이 심하고, 급기야는 살이 빠져 뼈에 가죽만

걸친 몰골을 하게 됩니다. 가난한 아프리카 사람들은 자식이 에이즈에 걸리면 부모도 겁에 질려 내다 버리기 때문에 변에 범벅이 된 채로 방치되는데요. 그런 환자를 수용하는 병실은 꽃과 그림으로 장식해 겉보기는 그럴싸하게 만들 수 있지만, 거기서 나는 냄새까지 숨길 수는 없죠. 우리가 남아프리카의 에이즈 호스피스에 세운 병동을 굳이 찾아간 까닭도 악취가 나지 않는지 점검하기 위해서였습니다. 실제로 냄새가 나지 않는다는 것을 확인했을 때는 정말 안심했죠.

냄새만 그런 것이 아닙니다. 아주 오래전 일입니다만, 일본 재단이 폭력단과 관련되어 있다는 아무 근거 없는 소문이 퍼진 적이 있었죠. 그 당시 나는 일본 재단의 무보수 회장으로 일하고 있었는데, 고심 끝에 기자들에게 재단 내부를 공개하기로 했습니다. 그전까지 나는 개인적인 작가의 일은 반드시 자택에서 하고, 재단에서는 재단 일만 하는 식으로 엄격하게 구분하고 있었습니다. 차 한 잔이라도 사사로운 일에 쓰는 것은 그릇되다 생각했기 때문인데, 의혹에 찬 기사에 대해서는 대책을 강구하지 않을 수 없었죠.

그래서 의혹을 품은 사람들이 재단에 자유롭게 드나들면서 내부의 분위기를 느끼고, 야쿠자들이 출입하며 뒷거래를 하는 조직인지 아닌지 그들 눈으로 직접 확인하게 한 것입니다. 내 입장에서는 다소 일탈이었지만, 이사장과 의논해서 원고나 교정지를 주고받는 일도 재단 안에서 하기로 했습니다.

점심때 온 사람과는 사원 식당에서 함께 점심을 먹었습니다. 사원 식당에는 재단 관련 사람들과 여직원 등 다양한 사람이 모이기 때문에, 그들이 평소 어떤 대화를 나누는지, 직장의 분위기가 어떤지 피부로 느낄 수 있습니다. 업무 현장을 개방해서 사람들 사이에 나도는 소문이나 화면으로는 전달되지 않는 '공기'를 느끼도록 한 것인데, 기대 이상으로 효과가 있었습니다. 진실은 실제 현장에서는 그대로 전해지기 마련이니까요.

작년부터 화제가 되고 있는 전자책은 화면으로 글자를 읽을 뿐만 아니라 영상과 음성까지 즐길 수 있는 기능이 있다고 합니다. 시력이 좋지 않은 사람은 활자 크기를 키워 읽을 수도 있다니, 아주 편리한가 봅니다. 그러나 인간에게는 글자를 보고 그 내용을 머릿속에서 재구성하는 힘이 필요합니다. 이것은 매우 중요한 능력인데, 그 능력을 발휘하지 않아도 된다는 것은 상상력의 빈곤화를 초래할 뿐입니다.

라디오로 듣는 야구 중계는 경기 그 자체는 볼 수 없어도, 아나운서의 해설과 구장에서 울리는 함성을 통해 각 장면과 선수의 호흡까지 상상하며 즐길 수 있습니다. 수술 덕분에 기적적으로 시력을 회복한 1980년대 중반, 나는 맹인을 이스라엘로 안내하는 일을 맡게 되었는데, 그들을 현지에 데리고 갔을 때 일입니다.

"지금 버스를 탔습니다. 운전사는 투실투실 살이 쪘고, 머리가 많이 벗겨졌습니다."

그렇게 시작해서, 눈에 보이는 모든 것을 언어로 실황 중계해 그들이 스스로의 머리로 실제 광경을 그릴 수 있도록 했죠.

또 한 예로 1964년 도쿄 올림픽 당시, 관전기를 쓸 필자로 수많은 작가가 동원되었습니다. 현장에서 바로 원고를 써서 보내야 하니 기자만으로는 부족했던 것이죠. 나는 배구 경기를 관전했는데, 배구는 9명이 하는 경기인 줄만 알았다가 기자석에 앉아서야 6명이 하는 경기라는 것을 알고 경악했던 기억이 있습니다. 옆에 앉은 기자의 도움으로 간단한 규칙을 배우고 나서야 — 무척 친절한 분이었습니다 — 간신히 기사를 쓸 수 있었죠. 엔도 슈사쿠 씨는 배영을 관전하고 기사에 '출발 총성이 울리자 풍덩 뛰어들었다'라고 썼다고 합니다. 배영은 뛰어들지 않는 종목이니 제대로 보지 않았다는 것이 금방 드러났겠죠.

"소노 씨가 준 샌드위치를 한입 베어 무는 순간 출발 피스톨이 울리는 바람에 정작 출발을 보지 못했어요."

엔도 슈사쿠 씨는 저에게 그렇게 변명하더군요.

그러나 엔도 슈사쿠 씨가 뛰어들었다고 생각했다면, 그렇게 쓰면 그만인 일입니다. 그런 것이야말로 엔도 슈사쿠 씨의 진실이고, 스포츠에 대한 소설가의 지식 따위는 그 정도 수준이니까요. 그 기사를 읽는 쪽도 상상력을 발휘하면서 즐겁게 읽었다면, 얼마든지 상관없는 일이 아닐까요?

# 관찰력을
# 키운다

       요로 다케시 씨는 '우수한 관료는 반드시 시골에서 석 달쯤 생활해봐야 한다'며 현대판 삼근교대參勤交代 (각 번藩의 번주를 정기적으로 에도에 출사시키는 에도 막부의 법령)를 주창하고 있는데, 나 역시 인간은 한 번쯤은 전기와 수도가 없는 곳에서 생활해 볼 필요가 있다고 생각합니다.

  그러나 오늘날에는 아프리카에나 가지 않으면 실질적인 의미가 없을지 모르겠군요. 좋은 대학을 나왔지만, 물은 수도꼭지에서 나오든지 페트병에 담겨 있는 것이라 믿으며, 우물에서 물 긷는 모습을 본 적도 없거니와 아스팔트 길이 아니면 달려본 적 없는 사람들이 상당히 많습니다.

한 젊은 관료를 남아프리카의 빈민 거주 구역인 '스쾃터 캠프'에 데려갔을 때 일입니다. 끝없이 늘어선 간이 가옥의 양철 지붕을 돌과 망가진 자전거, 타이어 등이 누르고 있고, 양철이 찢어진 곳에는 파란 시트가 덮여 있었습니다. 그야말로 가난이 눈에 보이는 광경이었죠. 그런데 높은 곳에 있는 길에서 그 광경을 내려다본 젊은 관료는 쇼윈도, 즉 관광객들을 위한 구경거리이려니 생각했다고 합니다. 그런 다음 실제로 캠프에 가서 '다른 목적은 없다'는 전제하에 부탁해서 내부를 들여다보고는 겨우 "아, 이렇게 사는 것이 정말이었군요" 하고 말하더군요.

이렇게 간이 거주지에서 사는 사람들이 현실에 존재한다는 사실을 현장에서 눈으로 직접 보지 않고는 모르는 이상한 수재들이 있다는 얘기입니다. 어렸을 때부터 머리에 박인 일본 수준의 생활을 현실로 아는, 융통성 없는 사고에 사로잡혀 있는 것이죠.

인도의 불가촉천민이 사는 마을로 교육 관계자를 데리고 갔을 때도, 힌두 사회의 견고한 계급 차별의 실태를 있는 그대로 봐주었으면 했는데, 돌아와 그들이 쓴 보고서에는 '인도에는 차별도 없고, 모두 사이좋게 생활하고 있었다'는 내용뿐이었습니다. 차별당하는 실상을 보라고 일부러 외국으로 데려갔는데, 전혀 효과가 없었던 것이죠. 우리나라에서는 우수한 인재라고 여겨지는 그들의 몽매함에 나는 불길함마저 느꼈습니다.

'뭘까?' 하고 대상으로 다가서는 호기심, '거짓이 아닐까?', '왜 그럴까?' 하고 기본부터 다시 생각하는 관찰력과 상상력의 바탕 없이는 자신만의 사고 회로를 만들 수 없는데 그런 능력이 근본적으로 결여되어 있는 것이죠.

예를 들어 눈앞에 젓가락과 접시가 있다고 하죠. 우리에게는 무엇에 쓰는 물건인지 자명합니다. 그러나 어떤 외국 사람 눈에는 의미를 알 수 없는 물체일 수도 있죠. 그렇게 모르기 때문에, 이 평평한 물건은 무엇일까? 이 막대기처럼 생긴 것은 무엇에 쓸까? 그렇게 나름대로 상상력을 구사하는 것입니다. 그것은 본디 인간이 지니고 있는 능력입니다.

　나는 종종 '도쿄대학 법학부 출신은 쓸모없다'는 말을 합니다. 이는 그들에게 고도 성장기에 조성된 착각, 즉 유명한 대학을 졸업해서 대기업에 취직하면 평생의 안정을 누릴 수 있다는 착각이 뿌리 깊게 박혀 있기 때문입니다. 사람은 학력만으로 살 수 없고, 학교 성적과 생활 능력은 본질적으로 다른 것인데 그걸 인정하지 않습니다. 아무리 고학력 출신이라도 머리만 컸지 인간으로서 근본적인 부분이 결여된 사람은 오히려 사회에 독이 됩니다.

　잠시 다른 얘기를 하죠. 몇 년 전, 우리가 남프랑스에 갔을 때였습니다. 일행 중에 휠체어 미는 봉사 활동을 하던 청년이 있었는데요. 어느 날, 비가 오기에 휠체어 담당의 대장 격인 남편이 비닐 우비를 입고 현관으로 나갔더니, 그가 "어떻게 비가 오는 걸 알았어요?" 하고 묻더랍니다. 성깔이 고약한 남편은 "밖을 보면 알지" 하고 대답했답니다. 그 청년은 자신이 본 것을 믿지 못하고, 일기예보를 신뢰하는 것이죠. 그런데 그곳이 프랑스였기 때문에 아무도 일기예보를 알아듣지 못하니, 대화가 그런 식으로 전개되었을 겁니다. 아니면 엄마에게서 "오늘은 비가 온다고 하니까 우산 꼭 가져가"라는 말을 들으며 자랐는지도 모르겠군요.

보통 사람들은 구름 모양을 보거나 비가 올 것 같은 눅눅한 냄새를 맡고서 '음, 아무래도 비가 오겠는데. 우산 없이 나갔다가 비를 약간 맞는 것도 괜찮겠지. 비에 젖어 허둥지둥 돌아가는 사람들을 보는 것도 괜찮고' 하는 생각을 합니다. 그때 우산 하나를 놓고도 '오늘은 일 때문에 먼 곳에 가야 하니까 돌아올 때는 우산이 필요하겠지' 하거나 '괜히 우산 가지고 나갔다가 친구 집에 두고 오면 곤란하니까, 그냥 가야지' 하는 식으로 각각 사정이 있는 것이 인간다워 좋다며 남편은 웃었습니다.

원래 정보라는 것은 옥석이 있기 때문에 생각을 통해 가려내는 것이 인간이 할 일입니다. 더 확실하게 말하면, 개인에 따라 받아들이는 것이 분명히 다르고, 바로 그 점에서 서로 다른 인간성이 나타나는 것이죠.

살인 광경을 두 눈으로 직접 보지 못한 사람은 악이든 선이든 상상력을 발휘해야 하는 것이 인간으로서 해야 하는 기본적인 작업입니다. 어떤 한 가지 일로부터 상상하고 또 사고하는 것이 그 사람 나름의 개성이며 인간성일 텐데, 그 개성과 인간성을 말해주는 상상력을 고스란히 잃어버린 시대입니다.

상상력이 급속도로 쇠퇴하고 있다는 것은 텔레비전의 일기예보 하나만 봐도 자명합니다. 나이를 먹을 만큼 먹은 시청자에게 아나운서가 '우산을 가지고 나가라'고 권유하는가 하면 '빨래하기 좋은 날'이라고 훈수를 두는 나라는 아마 우리나라 정도일 겁니다. 다른 나라에서는 매정하리만큼 간단하게 기상 정보만을 전달합니다. 그런데 비가 내릴 거라고 하면서 우산 표시를 보여주지 않나, 마치 유치원생을 상대로 하는 예보 같아 불쾌한 나머지 텔레비전을 끄고 마는데, 그런 나도 어른스럽다 할 수는 없겠죠.

옛날에 설날이 오면 아이들이 '제스처'라고 하는 놀이를 했죠. 한쪽이 몸짓으로 동물 등을 표현하면 다른 한쪽이 알아맞히는 게임이었는데, 요즘은 나이 먹은 어른까지 몸짓으로 일일이 표현해주지 않으면 불안한지도 모르겠습니다. 그러나 여자 아나운서가 토끼 모자를 쓰고 있거나 각종 캐릭터 인형이 전국적으로 유행하는 것은 도무지 이해할 수가 없습니다. 유아적으로 퇴화하고 있는 것인지, 수치심을 모르는 것인지, 보고 있으면 영 기분이 좋지 않습니다. 이 또한 언어만으로 정보를 전달하는 기술이 사라졌기 때문이겠죠.

아무튼 우리 특유의 이런 현상은 상상력이 없는 인간에서 비롯된 것이기는 하지만, 인간성에 대한 일종의 모욕인 동시에 우리들이 그렇게 교육을 받은 결과이기도 합니다.

"어떻게 알았어요?"

"밖을 보면 알지."

이런 대화는 바보스러운 것이 아니라 자연 현상을 몸으로 느끼고 그에 대처하는 아주 심각한 것입니다.

# 나름의
# 지혜를
# 발휘한다

　　　　　우리 어머니도 그랬지만, 옛날 사람들은 허리띠를 꽉꽉 졸라매면서 아끼고 아껴 저금을 했습니다. 당시에는 연금이나 의료보험 등, 국가가 개인을 구제하는 제도가 없었기 때문이죠. 제 남편도 그 시절에 재산의 분산, 즉 부동산으로는 집, 동산으로는 저금과 주식, 그리고 그림, 골동품, 보석류 등 유가 물품으로 나누어 축적하라고 배웠다고 합니다. 그러니까 어떻게든 자기 나름의 지혜를 발휘해서 살아가라는 의미였던 것이죠.

이 세상에는 돈이 없으면 없는 나름으로 살아갈 방법이 있습니다.

반찬도 한 번 먹을 것을 두 번에 나눠 먹거나, 생선을 약간 짜게 조려 밥을 많이 먹을 수 있게 하는 등, 가난한 대로 식탁을 정성껏 차릴 방법이 있습니다. 인터넷을 검색하면 식품을 싸게 살 수 있는 정보와 절약하는 기술 등 방대한 양의 정보와 지식이 넘쳐날 것입니다. 그러나 인간이 스스로 살아가기 위해 지혜를 살리고 발휘하는 것이 좋다는 분위기는 그다지 없어 보입니다.

생활보호 대상자 중에는 몸이 매우 건강한데도 생활 보조금을 받으면 그 길로 택시를 타고 경륜장에 가는 사람이 있습니다. 일하고 싶은데 일할 수 없는 피치 못할 사정이 있는 사람과, 그저 게을러서 일하지 않는 사람을 똑같이 보호할 필요는 없다고 나는 생각합니다. 하물며 도박을 하는 사람에게는 생활 보조금 지원을 당장 끊어야 합니다.

가난이란 '그날 먹을거리가 없는 상태'이므로, 어떻게든 먹고살 수 있는 경우는 진정한 가난이라 볼 수 없습니다.

육아 수당이든 아동 수당이든 지급액을 줄일 수 있는 선

까지 최대한 줄이고, 자식을 먹여 살릴 수 없는 부모에게
만 지급하면 될 일입니다. 듣자 하니 도쿄에서는 에도가와
구의 지급액이 가장 높아 한 달에 3만 엔의 보육비 중 구
區가 2만 6천 엔을 지원한다고 하는데, 그 말을 듣고서 우
리 집에서 일하는 브라질 사람이 깜짝 놀라더군요.

"아이 하나 키우는 데 부모가 4천 엔밖에 돈을 쓰지 않
는다고요? 자식이 생기면 돈을 쓰게 되니까, 돈이 생기는
게 아니라 나가는 게 당연하죠. 브라질에서 그런 정책을
쓴다면 엄마들이 해마다 아버지 다른 아이를 가질 거예
요."

브라질 사람 눈에는 일본이 '국민에게 무엇이든 다 해주
는 나라'로 비친 것입니다.

나는 지은 지 40년이 넘은 목조 주택에서 살고 있는 터
라 집안 어딘가가 늘 망가지고 고장 나는 일이 잦은데, 주
택 공단에서 분양하는 아파트는 집세도 싼 데다 수리도
다 해준다고 하더군요. 정상적으로 생활할 수 있는 사람들
에게 돈을 받지 않고 오히려 돈을 내주는 것은 과도한 복
지가 아닐까 합니다.

과거에는 천재지변이 생기면 우선 친척집으로 몸을 피했습니다. 친척집이라고 해서 언제까지 기거할 수 있는 것은 아니지만, 국가에서 준비한 체육관 등의 피난소보다는 그나마 나았기 때문이겠죠. 재해로 인한 피해자와 함께 일정 기간 동안 살게 되었을 경우, 아이들은 한 방에서 뒤엉켜 자고, 생선 한 토막도 반 토막으로 나누며 검소하게 지내면 먹고살 수 있습니다. 그렇게 일주일이나 한 달쯤 같이 사는 것이 당연한 일이었죠. 그런데 지난번 동일본 대지진 당시 친척을 자신의 집에 재웠다는 사람은 많지 않았습니다.

천재지변을 당하는 것은 정말 안타까운 일이지만, 그렇게 엄청난 재난이 아닌데도 처음부터 피해자들이 한군데 모여 배급을 기다리는 것을 당연시하는 광경을 보면, 우리가 서로 돕는 마음을 잃어버린 것이 아닌가 걱정스럽습니다.

어떤 상황에서든 누군가의 지원을 기다리는 것이 아니라 스스로 생각하고 스스로 움직이는 것이 중요합니다. 화산재가 심하게 흩날릴 때도, 지붕만 있으면 풍로와 솥과

염장 연어와 다시마 조각으로 솥 밥을 지을 수 있습니다. 냄비도 필요 없습니다. 나는 외국에 나가서도 곧잘 그렇게 밥을 짓는데, 그렇다고 음식 솜씨를 자랑하고 싶은 것은 아닙니다. 사소한 일이라도 스스로 생각하고 제 손으로 상황을 이겨나가는 것은 아주 재미있는 일입니다. 요즘 사람들은 전체적으로 그런 능력이 쇠퇴하지 않았나 싶습니다.

아프리카에 가면 대부분의 사람이 물 걱정을 하죠. 외딴 시골이라면 몰라도 웬만한 마을에서는 물을 팔기 때문에, 돈 있는 일본 사람들은 마음껏 물을 사 마실 수 있습니다. 그런데 "물을 팔지 않으면 어떻게 하겠느냐?"고 물었을 때, 대답하지 못하는 청년들이 많아졌습니다.

인간이 사는 장소에는 물과 뭐가 되었든 연료가 있습니다. 그래서 청년에게 이렇게 물은 적이 있습니다.

"불을 피워 물을 끓이면 되지 않을까요?"

그러자 일류 대학을 졸업한 우수한 인재가 처음 듣는 말이라는 듯 이렇게 되묻더군요.

"물을 끓이면 안심하고 마실 수 있는 건가요?"

그래서 이번에는 바꿔 물었습니다.

"흙탕물밖에 없을 때는 어떻게 하는지 알아요?"

그랬더니 이번에는 한 마디도 대답을 못 했습니다. 그런 경우, 물을 가만히 내버려 두어 침전물을 가라앉힌 후, 여자 주민의 치마 하나를 빌려 물을 거르면 됩니다. 그렇게만 해도 꽤 여과가 되니까요.

물론 그런 것들을 사용한 값은 치러야 합니다. 그럴 때도 "이거 혹시 뇌물로 여기면" 하고 이상한 소리를 하는 관료적인 사람도 있어 놀란 적이 있습니다. '돈이면 다 된다'는 말이 있듯이 살아가는 데 돈은 정당한 해결법의 하나입니다.

나는 줄곧, 어떤 상황에서든 스스로 생각하고 상상하고 해결 방법을 연구하면서 사는 것이 인간의 기본이라고 생각해 왔습니다.

# #2

xxxxxxxxxxxxxxxxxxxxxxxxxxxxxxxxxxxxxxxxxxxxxxxxxx

## 극복하는 힘을
## 키우는 교육

인간은 어떤 식으로 가르치든

그에 대해 반발하는 강력한

면역력을 타고난 존재입니다.

# 교육은
# 강제에서
# 시작된다

내가 가끔 보는 위성방송에 <더 카리스마 독 트레이너>라는 프로그램이 있습니다. 프로그램을 진행하는 멕시코 남성의 말에 따르면, 그가 태어나고 자란 멕시코의 목장에서는 목동 한 명이 개 몇 마리를 자유자재로 부릴 수 있는데 미국에서는 개 버릇을 잘못 들인 탓에 감당하지 못하는 예가 아주 많다고 합니다.

예를 들어 개를 데리고 문 앞에 섰을 때에는 "쉿" 하고 제지하고 사람이 먼저 나갑니다. 그때 개를 먼저 나가게 하면 개는 자신이 주인에게 종속된 존재라는 것을 배우지 못한다는군요. 사람이 먹이를 주지 않으면 살 수 없는 애완견에게 과거와 미래는 있을 수 없습니다. 있는 것은 현재뿐이죠. 기회가 있을 때마다 이쪽이 주인이라는 점을 각인시키지 않고, 인간관계 아닌 인견人犬 관계를 분명히 하지 않기 때문에 문제가 생기는 것이랍니다.

중요한 점은 인간과 개의 지위를 명확히 한 다음에 개를 귀여워하는 것이라고 하는데요.

나는 지금 개도 고양이도 키우지 않지만, 그 프로그램을 보고 사람의 자식이나 개의 훈육이나 비슷하다는 것을 느꼈습니다.

특이 어린아이에게는 '어른을 따르고 교육받아야 하는 지위'라는 것을 명확하게 인식시켜야 합니다. 개 주인이 개에게 "쉿" 하고 제지하는 것처럼, 어린 유아에게도 우선 집 안과 집 밖에서 해서는 안 되는 일을 가르칩니다. 자식을 사랑하고 귀여워하는 것은 당연한 일이지만, 마냥 물고 빨고 귀여워하기만 하면 안 되는 것이죠.

예전에, 일본 교직원조합은 '인간은 모두 평등하다'는 이상한 평등의식을 조장했는데, 선생과 학생은 절대 평등하지 않습니다. 간혹 바람직하지 못한 선생도 있지만, 지식에 있어서 선생은 학생보다 절대적으로 우월한 존재이니 평등할 수 없습니다. 마찬가지로 부모와 자식 관계도 결코 평등하지 않습니다. 아이들이 어렸을 때는 부모의 보호를 받는 존재였다가 언젠가는 부모를 앞질러 보호하게 되는 날이 올지언정 그렇습니다.

평등하지 않다는 것은 조금도 슬퍼할 일이 아닙니다. 마침내 유연하고 넉넉하며 개성적인 인간관계로 발전한다는 것을 모르기 때문에 그런 이상한 논리를 내세우는 것이죠.

우리 아들이 초등학생 때 일이니 아주 옛날얘기입니다. 당시 어머니들은 담임선생님을 마치 친구처럼 '○○군'이라고 부르는 게 예사였습니다. 그런 세태 속에서 내가 집에서도 반드시 '○○선생님'이라는 호칭을 썼던 것은 선생님의 우위를 아이에게 분명하게 가르치기 위해서였습니다. 그런데 부모들이 앞장서서 선생님을 평등하게 여기기 시작하자, 지금은 입장이 완전히 뒤바뀌고 말았습니다.

최근에는 부모가 자식들에게 존댓말을 가르치는 습관도 없어지고 말았습니다. 부모 자신이 무슨 일이든 '해주는' 것에 익숙해지다 보니 겸양어도 존경어도 엉망이 되고 만 것이죠. 아이들에게 적절한 말투를 가르치지 못해 언어생활이 뒤죽박죽된 것은 위치 관계가 무너졌다는 것을 뜻합니다.

내가 유치원부터 대학까지 다닌 세이신聖心 여자학원은 극단적일 만큼 예의범절, 그것도 일본의 유교적 예의범절에 엄격한 학교였습니다. 교실에서는 침묵, 복도에서도 침묵, 화장실에서도 반드시 침묵. 화장실에 가면 커다란 앞치마를 입은 마술사 같은 모습의 외국인 수녀가 높은 의자에 앉아 아이들이 조금이라도 소리를 내면 곧바로 "쉿!" 하며 집게손가락을 입술에 갖다 댔죠. 그러니까 화장실은 볼일을 보는 곳이지 수다를 떠는 곳이 아니라는 것을 가르친 것입니다. 그리고 볼일을 본 후에 변기가 더럽거나 세면대에 머리카락이 떨어져 있으면 반드시 "깨끗하게 뒷마무리를 하고 돌아가라"는 언질을 들었습니다.

옛날에는 어느 학교에든 칠판 가장자리에 '정숙'이라고

커다랗게 쓰여 있었고, 수업 중에 잡담을 하는 학생은 거의 없었습니다. 언제나 정숙과 청결을 유지하고, 어떤 장소에 가든 그곳에서 목적에 따른 행동을 하도록 엄격하게 가르침을 받았기 때문이죠. 사람들이 오가는 전철역 통로에 떡하니 앉아 있거나 전철 안에서 화장을 하는 것은 예의에 어긋나는 일이었습니다.

선생이 혼을 내도 자리에 앉지 않는 학생, 학부모 수업 참관이 있는 날에 아이들 못지않게 떠드는 학부모, 신에게 기도하는 장소인 성당에서도 미사가 시작되기 직전까지 시끌시끌, 전철 안에서 태연스레 화장을 하는 여자……. 이런 상황은 전후에 강제적인 교육을 피하는 풍토가 지속되었기 때문에 비롯된 폐해입니다.

10년 전, 내가 교육개혁 국민회의의 위원으로 활동하던 시절이었습니다. 나도 제안자의 한 사람이기는 했으나, 다른 위원들처럼 아이디어가 많지 않아 딱 한 가지만 제안했죠. 그것이 바로 '1년간 전 국민 총동원 봉사활동'이었는데요.

간단히 말해서, 고등학교를 졸업할 나이가 되면 전원이

봉사 활동에 임하도록 하자는 것이었습니다. 동원이라고는 하나, 물론 개개인의 개성을 살린 활동을 해야겠죠. 원예에 관심이 있는 학생은 원예를 거들게 하고, 나이 많은 사람을 돌보고 싶다면 시설에 파견하는 식으로, 무슨 일이든 본인이 원하는 분야에서 봉사 활동을 하게 하는 것이죠. 그 목적은 청소년들에게 '타인에게 주는' 생활을 경험케 하려는 것이었습니다.

성경은 '받는 것보다 주는 것이 행복하다'고 가르치고 있는데, 나는 그것을 약간 변용해서 '주고받을 수 있으면 행복하다', 나아가 '많이 받고 많이 줄 수 있는 삶은 영광이다'라고 생각합니다.

젊은이들을 1년 동안 강제로, 휴대전화도 없고 정해진 프로그램이 아니면 원칙적으로 텔레비전도 볼 수 없으며 똑같은 것을 먹는 공동생활을 하게 하자는 기획입니다. 무기 다루는 법을 가르치는 징병과는 성격도 목적도 아주 다르죠. 군대에 관심이 있어 여러 가지로 배우고 싶다는 학생은 자위대에 맡기면 되겠지만, 이는 어디까지나 징병이 아닙니다.

어느 정도의 반대는 예상하고 있었지만, 나의 제안은 혹독한 비판대에 올랐습니다. 교육은 자발적이어야 하므로 절대 강제할 수 없다는 반대 의견이 쏟아졌던 것이죠.

그런데 교육은 자발적이어야 한다는 고정관념은 정당한 것일까요? 유아기의 교육은 물론 초등교육은 전부 강제적인 형태로 이루어집니다. 만약 내가 어떤 악기를 배우고 싶다면, 그 악기를 쥐는 법, 켜는 법 모두 정해진 규칙에 따라 강제로 배워야 합니다. 내 마음에 들지 않는다고 해서 내키는 대로 연주한다면 큰 잘못이죠.

그러나 나의 논리는 전혀 통하지 않았습니다. 아무튼 '강제하는 것은 안 된다'는 논리였죠. 나는 내 제안을 이내 거둬들였습니다.

젊은이들의 생명은 소중하고, 그들이 무한한 가능성을 지니고 있다는 것은 말할 필요도 없습니다. 그러니 어른은 언젠가는 자신들보다 대단한 인물이 될지도 모르는 젊은이들을 존중하고 사랑하면서 그 재능을 키워주면 되는 것입니다.

젊은이들에게는 젊은이들 나름의 입장이 있으니 강제해

서는 안 된다는 사고 속에서는 위약한 인간만 길러질 뿐

입니다.

# 타인은
나를 이해하지
못한다

내가 교육개혁 국민회의에서 건의한 '1년 동안의 봉사활동'은 몰매를 맞으며 무산되었습니다. 하지만 이시하라 신타로 씨가 주장한 것처럼 젊은이들에게 징병제를 실시하면 상황은 간단하게 바뀌리라고 생각합니다.

독일에 사는 논픽션 작가 클라인 다카코 씨에게 들은 얘기인데, 그녀의 아들은 군 복무 기간 동안(현재 독일은 징병제를 실시하지 않는다고 합니다) 봉사활동을 선택했고, 봉사활동을 하면서 사람이 완전히 바뀌었다고 하는군요. 일본인의 피가 절반 섞여 있는 탓인지, 전에는 다소 소심한 면이 있었는데, 군 복무를 계기로 노인이나 장애인을 보면 적극적으로 다가가 "도와 드릴 일은 없을까요?" 하며 말을 건네게 되었다고 합니다.

이웃 나라인 한국이 경제, 스포츠 등 모든 분야에서 급속도로 성장하는 것도 젊은이들이 의무적으로 군 복무를 해야 하고, 또 북한과 늘 긴장 관계에 있다는 사실과 무관하지 않겠죠.

아프리카나 중근동 등지의 초원에 사는 유목민에게 칼은 사람을 찌르기 위한 것이 아니라 천을 찢고 나무를 자르고 가축을 해체하는 생활의 필수품입니다. 나는 아프리카로 젊은이들을 데리고 갈 때마다 "남자는 늘 칼을 지니는 것이 보통이다. 그러니 지상 여행이 시작되면 반드시 허리에 차고 있어라" 하고 가르치는데, 그러자면 그들은 군용 나이프를 새로 사야 합니다. 사막에 사는 사람들이 들으면 깜짝 놀랄 일이죠. 나이프가 없는 사내가 있을 수 있나, 하고 말입니다.

우리나라에서 나이프는 싸우다 잘못해서 사람을 찌를 수도 있는 흉기이니 지니고 다녀서는 안 된다고 가르치는 사회입니다. 요즘 초등학생은 칼로 연필을 깎지 않습니다. 교내에서 살상 사건이 발생하기도 하는 터라 칼을 소지하는 것은 더욱 엄격하게 금지하고 있죠. 하지만 정말 누군가를 살해하려 한다면 칼 없이도, 밀어 떨어뜨리든 목을 조르든 방법이 있지 않겠습니까? 칼 하나 지닐 수 없다는 것은 인간으로서 갖추어야 할 능력을 개발하지 않는 처사입니다.

내가 생각하는 교육은 다소 불편한 상황을 제공하고 그것을 극복해가는 능력을 키우는 일인데, 오늘날에는 편안하고 안락한 상황을 제공하는 것을 교육이라 여기고 있습니다.

한 반의 인원이 서른 명 이하여야 한다는 것도 본질에서 벗어난 의견입니다. 물론 인원이 적으면 선생이 학생들을 고루 관리하기 쉽고 교실도 여유가 있겠지요. 그러나 옛날에는 마흔 명이 넘어 쉰 명인 반도 적지 않아, 자기 자리에 가려면 게처럼 옆으로 걸어가야 하는 일도 있었습니다.

그것이 학교생활이었죠. 선생이 남학생을 일으켜 세워 뺨을 때리는 일도 있었습니다. 그래도 학생들은 훗날까지 그 선생님을 존경하고 좋아했습니다.

반 아이들 전원의 속사정을 안다는 것은, 뒤집어 말하면 타인이 자신을 이해하고 인정해주는 것을 당연히 기대한다는 뜻입니다. 그러나 선생이 학생 한 명 한 명과 마주하고, 학습이 부진하면 보충을 해서라도 따라오게 해야 한다는 생각은 일종의 '과보호'라 하지 않을 수 없습니다.

애당초 인간은 '타인은 나를 이해하지 못한다'는 각오 아래 긴 인생을 살아가야 합니다.

선생님이 '너는 영어를 잘 하는구나' 하든지 '이번에는 국어 시험을 잘 봤구나' 해서 나를 조금은 인정하는구나, 하고 느꼈다고 쳐보죠. 열심히 하면, 운이 좋으면 인정받는 부분도 있지만, 타인은 결코 이해하지 못하는 부분도 있습니다. 그런 인정과 이해에는 과소평가도 과대평가도 있을 수 있으니, 그 양쪽을 잘 가늠하면서 인생을 보는 눈을 키워야 하는 것이죠. 전적으로 나를 인정해주었으면 좋겠다, 당연히 인정해야 한다, 그런 생각은 큰 착각입니다.

자신의 취향으로
자신을 단련한다

나쁜 상황, 아주 혼란스러운 상황을 경험하는 것의 의미는 육체적으로나 정신적으로나 그 부담을 이겨내는 데 있습니다. 그러지 못하면 유익한 인간으로 성장하는 밑거름인 강인함을 키울 수 없기 때문이죠. 그 점은 정치에서도 마찬가지입니다. 다나카 가쿠에가 훌륭한 총리였다고 할 수는 없지만, 수많은 난관과 권력 투쟁을 이겨낸 사람과 그저 성적이 우수하고 정책에 정통한 사람은 위기에 대처하는 능력이 전혀 다릅니다.

　위기란 인간적인 것, 물리적인 것 등 정말 다양하게 많습니다. 무엇을 어떻게 이겨내고, 무엇을 어떻게 회피할 것인지, 감각적으로 파악해야 할 필요가 있습니다.

　소박한 비유를 들어보죠. 어느 날 갑자기 전쟁 같은 물리적인 위기가 발생한다면 어떻게 할 것인가?

　동굴을 파서 숨거나 방공호로 피신한다, 또는 난민으로 탈출을 시도한다. 여러 가지 대처 방법을 생각할 수 있지만, 비상시에는 시민들 사이에서도 폭행과 약탈이 자행된다는 것은 세계적인 상식입니다.

　그런 한편 다른 사람을 도우려고 애쓰는 사람도 있습

니다.

1995년에 발생한 한신 아와지 대지진 때와 2011년 동일본 대지진 때도 물론 약탈이 있었지만, 서로 돕는 광경이 더욱 많았던 것은 우리로서 실로 자랑스러운 일이었습니다. 그러나 약탈 따위는 생각할 수 없다, 도저히 있을 수 없는 일이라고 생각하는 사람이 늘어나고 있다면, 이는 과보호에서 비롯된 위기관리 능력의 결여라고 하지 않을 수 없습니다.

사람은 누구든 전쟁을 싫어하기 마련입니다. 징병제는 유사 전쟁 행위입니다. 유사라고 하면 전쟁을 흉내 내거나 전의를 고양하기 위한 것으로 나쁘게 해석하는 사람도 있겠지만, 그렇지 않습니다. 전쟁이 발발했을 때 자신에게 어떤 일이 필요한지 미리 알아두는 것은 절대 나쁜 일이 아닙니다.

인간은 나약한 존재라서 갑자기 궁지에 몰리면 약탈을 하거나 사람을 죽이고 의도적으로 불을 지르기도 합니다. 그런 사례가 과거에도 얼마든지 있었죠. 그렇게 되지 않으려면 어떤 준비가 필요한지, 그 예비지식 내지 판단에 필요한 경험이 있다면 위기가 발생해도 자신의 행동을 다소 통제할 수 있을 것입니다. 교육 현장에서 '희망을 품어라' 하는 소리를 흔히 하는데 희망을 품는 동시에 인간의 나약함, 악한 면을 배우는 것도 좋다고 생각합니다.

# 의무를 다해야
# 자유로울 수 있다

1950년대, 무차쿠 세이쿄 씨의 베스트셀러 《메아리 학교》는 영화로도 만들어져 큰 인기를 끌었죠. 그 무차쿠 씨가 언젠가 이런 말을 한 적이 있습니다.

"야, 아이들이란 정말 대단합니다. 선생님, 문으로만 드나드는 줄 알았는데, 창문으로도 드나들 수 있네요, 하더라니까요."

즉, 아이들의 자유로운 발상과 행동에 어른이 가르침을 받았다는 뜻인데요.

하지만 출입구와 창문은 기능이 전혀 다릅니다. 출입구는 그 안팎에 안전하게 다닐 수 있는 평면이 있지만, 창문은 그렇지 않기 때문에 그대로 떨어질 수도 있습니다. 일본에서는 자동차가 좌측통행을 하지만 미국에서는 우측통행을 하죠. 해상에서 배는 반드시 우측통행을 해야 합니다. 그런데 그 아이들처럼 반대로 가도 괜찮다고 생각한다면 당장에 사고가 나고 사회에도 혼란을 야기하게 되겠죠.

세상의 보편적인 규칙을 겉으로야 따르지만, 속으로는 철학적인 반역을 꾀하고 있다면, 그것은 나름대로 맛깔 나는 삶의 방식이라고 할 수 있겠습니다. 그러나 세상에서 일반적으로 통용되는 약속을 가르치지 않은 채, 아이들이 하는 방식을 무조건 인정한다면 세상은 하루아침에 엉망진창이 될 것입니다. 제멋대로 행동하기 전에, 창문에서 떨어져 죽을 수도 있다고 가르치는 것이야말로 교육입니다. 무슨 일이든 자유롭게, 생각하는 대로 하게 놔두는 것은 잘못입니다. 아이들의 앞날에도 나쁜 영향을 미칠 수 있죠.

저널리스트이며 평론가인 도쿠오카 다카오 씨가 풀브라

이트 장학생으로 미국에 유학했을 때였답니다. 처음 듣게 된 강의가 '자유에 대해'여서 기대를 품고 강의실에 들어 갔는데 테마가 '자유의 제한'이었다는군요. 요컨대 손님이 꽉 들어찬 영화관에서 고함을 지를 자유는 누구에게도 없 다는 얘기인데, 그는 지금까지 생각지도 못했던 일이라 새 로운 깨우침을 얻었다고 합니다.

나는 서른 살에 운전면허를 땄습니다. 지금 생각해보면 용케 땄다는 느낌이 드는데요. 미국에서 운전할 일이 있어 미국 면허도 땄죠. 당시 미국에서 면허를 어떻게 따는지도 모르는 데다 영어도 잘 못 해서 난감해하자니, 경찰청에 있는 지인이 워싱턴주의 교통법규 교본을 보내주었습니 다. 이거라도 읽으면서 분발해봐라, 하는 뜻일 텐데 그 교 본의 첫머리에 이런 말이 적혀 있었죠.

'옛날에 인간은 어디든 자유롭게 이동할 권리가 있었다. 자유롭게 길을 선택하고 그 길을 지나는 방법도 선택할 수 있었다. 그러나 오늘날처럼 교통이 발달한 시대에는 그 럴 수 없다. 때문에 이 법규를 따라야 하는 것이다.'

한마디로 공공의 안전을 위해서 개인의 자유를 제한하

겠다는 선언입니다. 옛날에는 말을 타고 최단 거리로 가기 위해 산을 넘고 강을 건너면 그만이었지만, 현대에는 차가 다닐 수 있는 통로로 다녀야 합니다. 많은 사람이 어우러진 생활 속에서 서로 양보하고 제한하는 것은 당연한 일이죠. 상대성이론을 이해하는 것처럼 어려운 일이 아닙니다.

일본의 헌법을 제정한 사람들이 권리를 주장한 반면 의무를 강조하지 않은 것은 참 이상한 일입니다. 전후, 생활 패턴이 이렇듯 미국화되었는데, '자유의 제한'이라는 개념은 도입되지 않았습니다. 일본 사람이 생각하는 자유의 개념은 관점에 따라서 몹시 기이하게 보이기도 합니다.

오래전부터 친분이 있는 인도인 신부와 함께 인도의 바라나시에 갔을 때 일입니다. 그는 수도하는 사람인지라 가난하기 때문에 비행기 값도 내가 내겠다고 하고 동행을 청했죠. 지인이 과거에 묵었던 강가의 싸구려 게스트하우스에 묵기로 하고 그곳을 찾아갔습니다. 하루 숙박비가 100엔 정도였고, 남녀 수십 명이 콩나물시루처럼 바글바글 모여 있는데 옷을 갈아입기 위한 칸막이조차 없었습니다. 그러나 밤낮으로 누군가는 거기서 자고 있기 때문에 침묵의 규칙이 있는 조용한 곳이었습니다.

그곳에서 시원시원한 일본인 여성을 우연히 만나 인도에 오기까지의 얘기를 듣게 되었는데, 그녀가 몇 달 전부터 인도에 머물고 있다기에 물어보았습니다.

"그럼, 그 비용은 부모님이?"

"아니요. 제가 벌어서 모아놓은 돈으로 왔어요. 비행기 티켓도 가장 싼 것으로 샀고요. 있을 만큼 있다가 돌아갈 거예요."

바라나시에서는 종일, 시신을 불태워 강으로 떠내려 보내는 계단 언저리의 풍경을 바라본다더군요. 식비는 하루에 200엔에서 300엔 사이. 그녀는 골초지만 그래도 하루에 500엔만 있으면 충분히 생활할 수 있으니, 한 달에 기껏해야 1만 5천 엔 정도가 필요하겠죠. 돈을 얼마나 가져왔는지는 묻지 않았지만, 20만 엔이 있으면 1년은 인도에서 생활할 수 있을 겁니다.

그런데 그곳을 나와 신부님에게 그녀에 대한 인상을 물으니, 신부님의 대답이 뜻밖이었습니다.

"나는 그녀가 자유롭다고 생각하지 않아요."

"왜 그렇죠? 그녀는 자신의 의지로 여기에 왔고, 금전적으로도 부모의 도움을 받지 않고 자립한 상태가 아닌가요?"

"아니죠. 자유라는 것은 의무를 다해야 가능한 것입니다. 그녀는 의무를 다하고 있지 않잖아요."

이미 성인이 된 사람이 제힘으로 일해서 번 돈으로 가고 싶은 곳에 가는 것은 개인의 자유라고 하는 논리가 있지만 서로 얽히고설킨 이 세상에서 자신이 살아가는 의미를 생각하면, 아무것도 하지 않은 채 하루하루를 보낸다는 것은 진정한 의미의 자유일 수 없다는 얘기입니다.

신부님의 그런 생각은 우리에게는 없는 견해였습니다. 인간의 자유에는 항상 제한과 의무가 따릅니다. 그렇지 않으면 이 세상, 이 지구상의 생활이 현실적으로 성립하지 않겠죠. 그 기본을 분명하게 가르치는 것도 중요합니다.

# 오야 소이치의
# 실험

예전에 오야 소이치 씨는 이런 실험을 한 적이 있다고 합니다.

아침에 손자에게 신문을 가져오라고 하고서 자신에게 "고맙다고 말하거라" 하고 가르치자, 처음에는 하라는 대로 따랐다고 합니다. 참 귀엽죠. 그런데 손자가 점차 이상하다고 생각하기 시작했다는군요. 이런 경우에는 할아버지가 고맙다고 해야 하지 않나? 그런 의문을 품은 것이죠. 그렇게 인간관계를 하나하나 분명히 하는 실험이었습니다.

인간은 어떤 식으로 가르치든 그것에 반발하는 강력한 면역력을 타고난 존재입니다. 그러니 교육 문제의 본질은 교과서의 내용이 군국주의를 비판하고 좌익적 자학 사관에 영향받고 있다는 점을 지적하는 것이 아니라, 아이들에게 내재된 면역력과 판단력을 적절하게 자극하면서 정상적인 인간으로 키워가는 데 있습니다. 타인의 생각과 말에 그대로 순종하는 인간이 되지 않도록 무슨 일이든 과연 '정말일까?' 하고 곱씹어보고 생각할 수 있는 인간으로 성장하게 하는 것입니다.

문부과학성이나 학교 선생 또는 부모라고 해서 그대로 믿어서는 안 되죠. 누구든 굳이 전적으로 믿지 않더라도 교육의 재료로 활용할 수는 있습니다. 그러니 반면교사反面教師도 선생일 수 있는 것이죠. 아무 문제 없이 잘 정비된 교육 환경만이 좋은 것은 아닙니다. 교육적으로 좋지 않다고 하는 야쿠자 조직이나 유흥가 근처에 있는 환경도 잘 살리면 좋은 교육 재료가 될 수 있습니다. 나는 풍기문란한 환경에서 성장한 아이를 안됐다고 생각하지 않고, 또 그런 환경에서 훌륭한 인물이 나왔다고 해도 그리 놀라지 않습니다.

# '기억하는 죄'와 '기억하지 못하는 죄'

　　　　모든 일에는 양면성이 있으므로 한쪽만 보고 부정하거나 교육하는 것은 큰 오류입니다. 전후 일본은 군사학에 대한 언급을 아예 피해왔기에 지금까지도 번듯한 전쟁 박물관 하나 없습니다. 런던의 제국 전쟁 박물관에는 제1차 세계대전과 제2차 세계대전을 비롯해서 나치와 영국 군대에 관한 자료가 전시되어 있고, '당신 자신의 머리로 생각하라'는 글귀가 부조로 새겨져 있다고 들었습니다.

다시 말해, 전쟁에서 인류 공통의 슬픔을 보고 있는 것이죠. 상대가 없으면 발발하지 않았을 전쟁은 적군과 아군으로 나뉘어 살상을 서슴지 않는 인간의 비극 자체입니다. 역사도 그렇습니다. 과거를 들춰보면, 어떤 민족에게도 무지와 잔학의 역사가 있습니다. 전쟁이 왜 거듭되고 있는지는 각자가 생각해야 할 성질의 문제이지, 어느 쪽이 전적으로 나쁘기 때문은 아닐 것입니다. 책임도 양쪽에 다 있습니다. 타인이 나서서 그 전쟁은 이런 것이었다고 규정할 일이 아닙니다. 일본의 교육에는 '당신 자신의 머리로 생각하라'는 부분이 고스란히 빠져 있는 듯합니다.

현대 교육은 인간의 그런 기본에는 관여하지 않는 표면적인 것이 되고 말았습니다. 물론 평화가 좋다는 것은 모두 알고 있지만, 평화의 이면에 있는 전쟁을 모르면 정작 전쟁이 터졌을 때 어떻게 자신을 보호해야 하는지도 알지 못합니다. 전쟁을 모르면 평화에 대해서도 말할 수 없다는 것은 아주 중요한 문제입니다.

전쟁이 좋지 않다는 것은 다들 알지만, 인간이 제 손으로 만든 무기를 들고 적군과 아군으로 나뉘어 서로를 죽이는 일이니, 관념이 아니라 실물을 보고 생각하는 것이 중요합니다. 나는 전쟁을 테마로 한 작품 중에 '장갑차'라는 말을 별 고민 없이 썼는데, 아무래도 실물의 이미지가 명확하지 않아 육상자위대의 무기 학교에 가서 실물을 견학한 적이 있습니다. 장갑차라고 하니 견고하고 클 거라고 상상했죠. 그런데 실제로 본 장갑차는 옛날 폭스바겐 정도 되는, 애처로울 정도로 작은 크기였습니다.

세상에는 다양한 사람이 있으니, 만약 범죄 박물관을 만든다면 어떻게 될까 하고 생각하는 사람도 물론 있겠죠. 범죄 박물관에서 사람을 죽이는 방법을 배웠다고 하는 아이들도 물론 있겠지만, 범죄심리학이 중요하다는 것을 깨우치는 청년도 있을 테고, 방범 설비 회사를 만들자는 아이디어를 제기하는 사람도 있을 것입니다. 전혀 다른 시각으로 그 박물관에서 아이스크림을 팔면 큰돈을 벌 수 있겠다고 돈 계산부터 하는 사람도 있겠죠. 한편으로 아이들에게 그런 잔인한 전시물을 보여줄 수 없다며 반대하는 사람도 많을 것입니다.

그러나 결국 생각하는 것은 자기 자신입니다. 생각의 진정한 힘은 그런 것인데, 전후의 의무교육은 아이들에게 스스로 생각하는 힘을 가르치지 않았습니다. 타인과 다른 생각을 하면 시험이나 출세 가도에서 감점을 당하는 사회 풍조가 거기에 또 박차를 가했죠. 도쿄대학 법학부 출신 관료의 삶이야말로 그 전형이라 할 수 있습니다.

그런 현황을 상징하는 것이 히로시마 원폭 사망자 위령비에 새겨진 '잘못은 되풀이하지 않을 테니'라는, 주어가 뭔지도 모를 글귀입니다. 자학적이며 획일적인 전후의 역사 교육은 전쟁 전과 비교해도 정말 심각한 문제라고 생각합니다.

그리스어에서는 '잘못'을 '죄'와 '허물'로 나누고 있는데요. 성경에서도 하마르티아hamartia와 파라프토마Paraptoma는 각기 다른 의미로 사용됩니다. 하마르티아는 우리들이 일상적으로 저지르는 실수나 허물을 뜻하고, 파라프토마는 의식적으로 행하는 범죄라 할 수 있습니다.

성당에서 고해성사를 할 때 '기억하는 죄와 기억하지 못하는 죄'를 용서해 달라고 말하는데, 사실은 어렸을 때부터 이 두 가지를 구별해서 가르쳐야 합니다.

미국에서는 명확한 살해 의지를 갖고 범죄를 저지른 경우와 울컥 화가 치미는 바람에 충동적으로 살상을 저지른 경우를 구분해 죄의 무게가 등급별로 정해진다고 합니다. 사자가 사냥감을 덮칠 때는 죄의식이나 잘못이라는 인식이 전혀 없습니다. 하지만 인간이 그 구별을 의식하는 것은 동물과 명백하게 다른 차이이며, 인간을 키우는 데 중요한 기본입니다.

혼란스러운 상황을 경험하는 것의
의미는 육체적으로나 정신적으로나
그 부담을 이겨내는데 있습니다.

# #3

×××××××××××××××××××××××××××××××××

## 규칙보다
## 인간으로서의
## 상식

사람이든 세상이든 중심축이 확실하지 않으면
거기에서 벗어났다는 의식도 희미할 수 밖에 없습니다.
그래서 절대 다수의 가치관이 나름의
의미를 갖는 것입니다.

# 규범을
# 깰 때는 각오가
# 필요하다

　　예전에 나는 어머니로부터 '빚으로 물건을 사서는 안 된다'는 가르침을 받으며 컸습니다. '갖고 싶은 게 있으면 돈을 모아서 사라'는 것은 원칙이었고, '도둑질을 하면 더는 인간이 아니니, 공부 따위는 하지 않아도 된다'는 말까지 들었습니다. 고지식한 말투이기는 하나 '인간으로서 기본이 돼 있지 않은 사람은 아무것도 할 자격이 없다'는 뜻이겠죠.

　지금은 무언가 값비싼 것을 사려 할 때 대출받는 것을

당연하게 여기지만, 장기 대출로 뭔가를 사면 배에 가까운 돈을 갚아야 합니다. 말이 좋아 대출이지 이는 곧 빚입니다. 빚이니 지지 않는 편이 당연히 좋죠.

어느 시대에든 규범에 대해 '그런 게 다 뭔데' 하고 거부하고 반항하는 젊은이들이 있습니다. 하지만 옛날에는 규범을 깰 때 반드시 각오가 필요했습니다. 그 각오란 거창한 것이 아니라, 무슨 일이든 분명한 의식을 갖고 해야 한다는 자각입니다.

가령 절대적인 악이 아니라 기존 개념을 거스를 때조차 과거에는 그에 상응하는 각오를 했고 또 대가를 치러야 했습니다.

한 가족의 일원으로도 반드시 지켜야 하는 규범이 있었습니다. 최근 들어 흔히 접하는 원조교제 등은 '집안의 수치'였으며 그만큼 용서하기 어려운 행위였죠. 그런데 요즘은 세상에 그 사실을 숨길 수만 있다면, 딸이 그런 짓을 하고 다녀도 부모가 그렇게 큰 상처를 입지 않는 것 같습니다.

요즘 사람들은 무슨 일을 하든 대가를 치르지 않아도 된다는 착각에 빠져 있습니다. 뭘 하든 개인의 자유라고 하는 것은 아주 독선적인 사고방식입니다.

살인하지 말라, 도둑질하지 말라, 간음하지 말라……. '모세의 십계명'은 지금도 인간에게 기본적인 계율이라는 점이 무척 놀랍습니다. 인간에게는 가르치려 들면 반발하는 정신이 있는데, 가르침을 그대로 받아들이기 싫다고 회피할 것이 아니라 정면으로 부딪쳐 보고, 그렇게 했을 때의 반동을 자신의 몸으로 확인하면 됩니다.

나 자신도 이십 대 초반에는 미혼모도 괜찮겠는데, 하고 생각했습니다. 아직 그런 말조차 없던 시절이었죠. 우리 부모님의 사이가 나빴던 탓인지, 육아는 재미있을 것 같은데 남편 없이 아이만 있는 것도 좋지 않을까, 남편이 누구라고 세상을 향해 말할 필요는 없으니까, 그런 것이야말로 자유로운 여자의 삶이 아닐까, 그렇게 생각했습니다.

최근에는 영어로 된 서류에도 'husband(남편)'나 'wife(아내)'가 아니라 대부분 'partner(짝)'라고 쓰여 있습니다. 결혼하면 법률적으로 남편이고 아내라는 것을 미국에서는 이미 고리타분하다고 여기는지, 혼인신고를 했든 안 했든

파트너라고 부르는 것이 당연시되고 있답니다.

시대 변화와 함께 남녀 구별이 차츰 없어지고 있다는 의미에서는 환영할 일인지도 모르겠습니다. 하지만 이성 간의 결혼과 동성 간의 결혼을 똑같이 취급하는 것은 역시 이상한 일입니다.

자신이 동성애자일 때 어느 쪽이든 본인이 좋다면 과감하게 동성애를 관철하면 됩니다. 세상의 가치관에 구애받지 않고 자신의 신념을 관철하되 그 대가를 치르면 되는 것이죠. 그러나 이성 간의 결혼처럼 결혼식을 올리고 법률적으로도 배우자로서의 권리를 요구하는 것은 옳지 않다고 생각합니다. 자신이 추구하는 미학은 타인이 이해하지 못하거나 법률이 인정하지 않아도 전혀 상관없는 일이니까요.

사람이든 세상이든 중심축이 확실하지 않으면, 거기에서 벗어났다는 의식도 희미할 수밖에 없습니다. 그래서 절대다수의 가치관이 나름의 의미가 있는 것이죠. 가령 남자는 왜 모두 넥타이를 매는가? 가느다란 천으로 목을 묶는 것은 보기에 따라서는 이상한 일일 수도 있습니다. 그러나 그것은 사람이 세상과 타협한 행위입니다.

넥타이를 맴으로써 상대를 정중하게 대한다는 기분을 유지할 수 있고, 상대와 만나는 것이 불쾌하지 않다는 것을 전할 수도 있습니다. 만나는 사람 모두의 속마음을 확인할 수 없기 때문에 남자는 넥타이를 매고 여자는 정갈한 차림을 하는 것이 인상이 좋은 법이죠.

중국인 사회에서는 장례식 때 따뜻한 색의 차림을 피하고 회색이나 검은색 계통의 차가운 색 옷을 입습니다. 어느 나라에도 장례식 때 빨간색 옷을 입으면 안 된다는 법률은 없지만, 돌아가신 분을 애도하는 마음을 표현하고자 검은 색깔 옷을 입죠. 사회적인 관습에는 나름의 의미가 있는 법입니다. 그러니 다수를 따르는 것은 자신의 개성을 배제하는 것이 아니라 다른 존재를 인정하는 의미가 되는 것입니다.

원래 '개성'이란 나쁜 말이 아닙니다. 그런데 '나는 개성적이다'라고 표면적으로 주장하는 것은 단순한 착각을 넘어 타인을 배려하지 않는 자기중심적인 행위입니다. 내가 이렇게 생각하는데 무슨 상관이냐는 자세는 뭔가를 잘못

알고 있는 것일 뿐이죠. 그런 사람들에게는 타인을 그리 쉽게 이해할 수 없다는 자각이 필요합니다.

한 번 만나 인사를 나눈 정도로는 그 사람을 안다고 할 수 없고, '아직 만난 지 오래되지 않아서 잘 몰라요' 이렇게 말하는 것이 사람으로서 자연스러운 태도라고 생각합니다. 인간은 시간을 두고 오래 만나 인생의 다양한 얘기를 나누고 나서야 비로소 상대를 안다고 할 수 있습니다. 내가 다른 작가에 대해 거의 쓰지 않는 것도 그 때문이죠.

잘 알지도 못하는 사람이 남의 사생활을 억측하는 탓에 피해를 입는 사람도 많습니다. 특히 자서전이 아닌, 타인에 관해서 쓰는 전기소설은 위험합니다. 타인의 인생에 대한 모독이 아닐까 하는 생각마저 들 정도입니다.

국립극장에 가부키를 보러 갔을 때 일입니다. 〈추신구라忠臣藏〉의 아사노 다쿠미노카미가 할복을 하는 장면에서 원래는 무대 앞에 있는 작은 막이 스르륵 올라가야 합니다. 그런데 사람이 할복을 하는 장면이다 보니 에도시대부터 술도 안주도 대접하면 안 되고, 막이 올라가는 소리도 나서는 안 된다 해서 그때만 작은 막을 미닫이문으로 바

꾸었다고 합니다. 그 관례가 지금까지 내려오고 있는 것이
죠. 다들 숨죽이고 있는 것이 싫어 나는 일부러 사탕을 입
에 넣기도 하는데 말이죠. 그래 봐야 연극이고, 그렇게 된
유래를 충분히 납득하면서도 자신의 성격을 내세워 굳이
거스르려 하는 유치한 심리입니다.

　세상의 상식은 나라는 개체가 있기에 인정할 수 있습니
다. 자신의 생각과 상식이 다르다는 것을 충분히 이해하기
때문에 따를 수 있는 것이죠. 대다수가 하는 말이니 가치
가 있고 타당할 것이란 생각은 잘못입니다. 이 두 가지는
비슷하지만, 전혀 다르고, 자신에게 중심축이 없으면 물
위에 떠도는 부초와 다를 바가 없습니다.

　요즘에는 정치부터 일반의 풍조까지, 모두가 똑같은 말
만 하고 있다는 느낌이 강하게 드는데요. 물론 넥타이를
가지고　찬반 다수결에 부친 일은 없으니, 모두가 그렇게
하고 있다면 적극적인 악이 아닌 이상 따르면 그만입니다.

　그런 가운데 '저 사람과 나 사이 정도면 넥타이처럼 형
식적인 일을 하지 말자' 하는 관계로 발전하는 경우도 있
고, 그렇지 못한 경우도 있겠죠. 말하자면 '적당선의 철학'

입니다. 적당선이란 어중간함이나 대충대충이란 의미가 아니라, 자신도 타자도 인정하는 것을 말합니다. 도식적으로 들릴지 모르겠으나, '적당선의 철학'에 인간을 발견하는 즐거움이 있다고 생각합니다.

# 자신의
# 머리로
# 생각한다

인간은 기본에 부딪쳤을 때 어떤 에너지가 발생한다고 할까, 각오를 하게 됩니다. 그 각오에는 반드시 좌절과 마찰과 갈등이 따르는데, 그것이 없으면 얻을 수 있는 보상도 없으니 주변과 똑같이 생각하는 사람이 될 뿐입니다.

학교에서 수재로 지낸 사람들 대부분은 별다른 좌절이나 마찰을 경험하지 못한 채 살다가 관료가 되거나 대형 매스컴의 간부가 됩니다. 그러니 아동 보호 시설에 익명으로 선물을 보내는 타이거 마스크 현상을 조급하게 미담으로 소개하거나 별 뜻 없는 선의로 보도하는가 하면 술에 취해 싸운 가부키 배우의 기자회견을 생중계로 내보내는 것이죠. 시청률이 오르면 그만이라는 생각입니다.

가부키 배우 이치카와 에비조 씨가 싸운 후 첫 기자회견을 한 날은 바로 위키리크스 사건이 발생한 날이기도 했습니다. CNN과 BBC는 온통 위키리크스가 기밀문서를 대량 방출한 뉴스를 보도하고 있는데, 일본의 텔레비전은 에비조 씨 사건만 방영하고 있었죠.

위키리크스가 음습한 악인지 정의의 편인지 나는 잘 모릅니다. 하지만 국제사회의 구도에 변화를 초래할지도 모르는 문제가 발생했다는 점을 이해하지 못한 탓인지 아니면 시청률 외에는 안중에도 없었는지, 어느 쪽이든 NHK는 물론 민영방송까지 지성의 부재를 보여주는 처사였던 것만은 분명합니다. 매스컴 관계자들이 자신의 머리로 생각하지 않기 때문에 그렇게 할 수 있었던 것이겠죠.

요즘 젊은 사람들은 신문을 읽지 않는다고 하는데, 나는 신문을 읽는 것이 매우 즐겁습니다. 의자에 앉아 커다란

지면을 펼쳐놓고 다양하게 편집된 지면을 보면서, 그중에서 무엇이 중요하고 중요하지 않은지 스스로 생각하고 판단하게 되니까요. 반면 텔레비전은 스스로 선택하고 가타부타하는 일 없이 받아들이기만 해야 합니다. 그러나 신문을 읽다 보면 다양하게 사고하게 되고 쓸거리도 생각하게 되죠.

　나는 알게 모르게 '개인으로서의 자각'을 지닌 사람들하고만 교류하게 되었습니다. 그래서 친하게 지내는 사람들은 언뜻 보기에 친절하지도 순종적이지도 않고 순수하지도 않은 '고집쟁이' 타입이 대부분이지만 스스로 생각할 줄 아는 재미있는 사람들입니다. '개인으로서의 자각'을 지녔다는 것은 개인주의나 무슨 거창한 사상을 말하는 것이 아니라 자신의 인생을 자신의 머리로 생각하고 판단하고 선택하는 것을 뜻하며, 이는 인간으로서 아주 당연한 일입니다. 반찬의 맛이나 용돈의 사용, 쓰레기를 버리는 요령 등은 타인의 눈에는 사소하게 보일지 모르나 그들은 자신의 취향에 따라 그런 일들을 합니다. '개인으로서의 자각'을 지닌 사람 하나하나를 만났을 때, 나는 즐겁다고 느낍니다.

예를 들어, 요즘은 싱거운 맛을 품위 있는 맛이라 여기는 경향이 많아졌는데요. 그러나 나는 도쿄 태생이라서 그런지 생선도 달콤하고 짭짤하게 조려서 한 토막으로 밥을 많이 먹을 수 있게 합니다. 자식이 많아 검소하게 생활할 수밖에 없는 가정에 참 편리한 맛이죠. 이런 다소 자극적인 맛을 교토 중심의 간사이 지방에서는 '천박한 맛'이라고 하겠지만, 그것은 선악의 문제가 아닙니다. 원래 사람 사는 세상에는 다양한 취향이 존재합니다. 그런데 요즘에는 간사이 식의 싱거운 맛이 고급스러운 맛으로 인식되고 있으니 참 난감합니다. 내가 좋아하는 입맛이 세상에서 점점 없어져 가고 있으니까요.

우리 집에 오는 손님은 짭짤하게 조린 금눈돔을 맛있게 먹습니다. 그 조림을 먹으려고 일부러 오는 손님도 몇 명 있을 정도이죠. 내가 만약 술집을 하게 된다면 그 생선조림을 안주로 내놓고 싶군요. 하지만 간사이 식의 싱거운 맛과 간토 식의 달콤하고 짭짤한 맛, 양쪽 다 있는 게 좋겠죠.

# 자신의 취향으로
# 자신을 단련한다

나는 다리가 좋지 않아 등산을 하지 않습니다. 그러나 만약 산에 오른다면 도중에 손발이 내 뜻대로 움직이지 않을 만큼 지칠 거라고 상상은 할 수 있죠. 그럴 때, 자신 속의 어떤 나쁜 성격이 껍질을 뚫고 튀어나올지 궁금하군요. 배낭을 다른 사람에게 떠맡기고 물을 달라고 고함을 지를지도 모르죠. 그러니 타인에게 폐를 끼치지 않기 위해서라도 등산은 하지 않으려고 합니다.

다만 고난을 이겨내기 위해, 이전보다 나은 자신을 만들기 위해 산에 오른다면 그건 좋은 일이겠죠. 내게는 그런 의미의 등산을 대신하는, 글을 쓰는 길고 고된 시간이 계속되고 있습니다. 아무리 피곤해도 마감 날짜까지 원고를 완성해야 하는 것은 글 쓰는 사람들의 의무입니다. 고되고 힘들어도 당연한 것이죠. 고된 경험이 없는 사람은 아무것도 얻을 수 없습니다. 돈도 성취감도 얻지 못합니다. 아무것도 하지 않았으니까요. 그러면서 불평등하다, 사회가 잘못되었다고 한다면 열심히 일하는 사람들이 화를 내겠죠.

본디 인간은 자신의 취향에 따라 스스로를 단련하는 존재입니다. 그런데 현실적으로 그러지 못하는 사람들이 늘어나는 것은, 자기 나름의 목표도 생각도 없기 때문입니다.

해마다 1월 성년의 날이 돌아오면, 젊은 여자들이 화사한 기모노 차림에 하얀 숄을 걸치고 카메라 앞에서 손가락으로 게처럼 브이v 자 사인을 만듭니다. 나는 그 모습을 볼 때마다 불쾌해서 견딜 수가 없어요. 어른으로 발돋움하는 그날 아무 개성도 발휘하지 못하니 그렇습니다. 내 자식이었다면 어렸을 때부터 피스 사인peace sign 따위는 절대

하지 못하도록 가르쳤겠죠. 평화는 목숨을 바쳐서라도 지켜야 하는 것이며 가벼이 다룰 수 있는 것이 아니니까요.

옛날에는 기모노든 외출복이든 어머니와 할머니 것을 물려받아 입었기 때문에 다소 고풍스러워도 십인십색이었습니다. 다른 사람과 똑같은 것을 입으면 오히려 창피하게 여겼죠. 인간은 태어날 때부터 모두가 다르고 각자의 희망도 달라야 마땅한데, 요즘 하나같이 똑같은 차림을 하고 있는 것을 보면 바라는 희망까지 모두가 똑같으려나 싶어 딱한 생각이 듭니다.

얼마 전까지만 해도 우리나라 사람들은 인간에 대한 두려움과 의구심, 흔들림 같은 다양한 감정을 갖고 있었습니다. 그런데 요즘 들어 수치심이 사라지는 바람에 세상이 밋밋해지고 말았습니다. 예를 들어 입사 면접시험에서 "자신의 장점은 무엇인가요?" 하는 질문에 학생이 자신의 좋은 점을 술술 대답하는 것도 인간으로서 부끄러운 일이지요. 일본 재단에서 일할 당시 나도 그런 면접 자리에 있었습니다.

얘기가 조금 달라지는데, 얼마 전에 민주당의 전 총리

하토야마가 '온기 나누기 본부'라는 조직을 결성했다는 보도가 있었습니다. 닫힌 사회에 대한 대책을 강구하겠다는 목적은 그렇다 치고, 그 유치한 이름에는 어이가 없었죠. 노다 요시히코 총리는 그나마 센스가 좀 좋았다고 생각될 정도입니다.

언어에는 그 말을 쓰는 사람 나름의 특별한 감각이 배어 있기 때문에 그저 듣기 좋은 말만 늘어놓는다고 될 일이 아닙니다. 전에 은행에 다니는 지인이 이런 말을 해서 웃은 적이 있습니다.

"우리 은행 지하에 수영장을 만들어서, 여직원들 만남의 장으로 쓰는 것이 나의 프로젝트입니다."

그 말은 그 사람이 집안도 머리도 훌륭하지만 절대 거들먹거리지 않는, 도회적인 감각을 지닌 사람이었기에 가능한 아주 고급스러운 농담이었습니다.

같은 말을 사용하더라도 사용하는 사람에 따라 상대는 다르게 받아들입니다. 사람에 따라 실로 광범위하게 언어를 선택할 수 있는데, 말 하나도 타인과 다르게 사용하는 것이 두려우니 '온기'니 '서로 나눈다'느니 하는 상투적인 표현을 쓰는 것이죠.

요즘 화장실에 틀어박혀 점심을 먹는 대학생이 있다는 말을 듣고 정말 놀랐습니다. 타인과 같이 밥을 먹기 싫다면 혼자 공원 벤치에 앉아 당당하게 먹어도 좋은데 말이죠. 그런다고 경찰이 내쫓는 것도 아니고 벌금을 내야 하는 것도 아닙니다. '나는 사람들과 같이 밥을 먹기 싫다'고 말하면 그만입니다. '친구 하나 없는 한심한 인간'으로 비치는 것을 부끄러워한다면 더욱 한심한 일입니다.

자신의 가치관이나 취향을 숨기면서까지 타인에게 영합하다 보면 한 인간으로 홀로 설 수 없을 뿐만 아니라, 억압된 욕망이 이상한 형태로 불거져 괴상망측한 인간으로 변질될 수도 있습니다. 독일의 나치 역시 하나같이 주위를 추종하고 똑같은 일을 거듭한 결과 그렇게 잔인한 학살에 이른 것입니다. 자신을 소중하게 여기지 않고, 근거 없이 타인과 똑같이 행동하는 것은 그만큼 끔찍한 일입니다.

# 규칙보다
# 상식을
# 갖춘다

　　제가 일본 재단의 회장이 된 1995년은 매스
컴이 한창 관민官民 접대 금지에 열을 올리던 때였습니다.
재단에서도 손님에게 녹차를 대접하는 것은 무방하나 커
피는 안 된다느니 하는 사소한 일들이 문제가 되어, 그럼
인스턴트커피는 어때? 하고 농담을 던진 적이 있었죠. 물
론 명확하게 대답할 수 있는 질문이 아닙니다.

　당시 재단은 매스컴 관계자들에게 현장 여러 곳을 보여
주었습니다. 사람들이 힘들게 일하는 모습을 매스컴 관계

자들에게 보여주고 싶은 열망이 늘 있었기 때문이죠. 국토교통성 해상국이 진행하는 항만관리(port state control) 현장도 그 한 예였습니다.

　도쿄 만에는 전 세계에서 온갖 상선과 수송선이 모여듭니다. 그중에는 항해도航海圖 하나 없고 가득 실은 짐의 정체도 분명치 않은 배, 향신료나 이미 사용한 주사기 더미를 쓰레기와 함께 실은 배 등, 상상조차 할 수 없는 배가 있습니다. 그런 실태를 시찰하고서야 "이런 일이 있을 줄은 꿈에도 몰랐다"고 하는 신문 기자도 있었습니다.

　시찰이 끝난 후, 재단에서 매스컴 관계자들에게 간단한 식사와 음료수를 제공했습니다. 그 정도 가지고도 '접대'라고 꼬집을 수 있는 분위기가 팽만했던 시기였습니다. 어떻게든 재단을 헐뜯으려는 경향도 많던 시기였는데, 나는 굳이 그런 자리를 마련했습니다. 애당초 신이 내려주신 것, 그런 음식을 나누면서 즐거운 한때를 보내고 이해를 도모하는 것이 뭐가 나쁠까요. 야키소바에 샌드위치, 맥주 정도로 호의적인 기사를 써줄 것이란 기대 따위는 애당초 품을 리가 없죠. 요컨대, 이유를 물을 때 명확하게 답변할 수 있다면 과감하게 행동하면 됩니다.

규칙이라는 표면적인 것에 휘둘리다 보면 자유를 잃고, 왜 그런 일을 하느냐고 물었을 때 다른 사람들이 납득할 만한 대답을 할 수 없습니다. 상식의 울타리를 벗어나지 않는 범위 안에서 각자가 좋다고 생각하는 일을 하면 되지 않을까요? 다만 이유를 물었을 때, 그 사람 나름의 개성을 반영해서 명확하게 대답할 수 있어야 하죠.

상식은 사람들 안에 그냥 내장되어 있는 것이라고 나는 생각합니다. 세상을 살면서 사람들에게 약간의 음식을 제공하는 것이 절대 허용되지 않는 일인지 어른의 상식으로 생각해보면 금방 답이 나옵니다. 그런데도 이상하다고 주장하는 사람이 있다면, 재단에서 사용한 비용의 총액을 그 자리에 참여한 기자의 머릿수로 나누어 일 인당 얼마를 썼는지 바로 계산해줄 수도 있습니다. 당연히 그 액수는 상식선에서 문제가 될 만한 금액이 아니었습니다.

정계 관료들이 늦은 밤에 택시를 타고 집에 돌아갈 때, 운전사가 맥주나 영양 드링크를 제공하는 것이 한때 문제가 되었습니다. 그 문제도 인간 사회의 상식에 비추어 잘

못이라고 설명할 수 있는지 생각해볼 일입니다. 그러나 고급관료가 경주마를 사들여 애인의 이름을 붙였다든지, 방위성의 사무국 관리가 업자와 골프를 치고 도박 마작을 하면서 식사를 얻어먹는다든지, 풀코스 접대를 받으면서도 태연하다면 역시 감각이 이상한 사람이라고 해야겠죠. 인간은 누구나 노는 것을 좋아하지만, 그런 것들은 휴일에 자기 돈으로 하면 될 일입니다.

도쿄 도지사가 미국을 방문했을 때, 고급 호텔의 스위트룸에서 묵는 것을 매스컴에서 사치라고 질타한 적도 있습니다. 도지사는 일본 수도의 수장이며 거버너Governor, 즉 시장이나 구장 등의 메이어Mayor와는 급이 다릅니다. 안전상의 문제도 그렇고 손님을 만나는 문제에서도 평범한 호텔에 묵는 쪽이 오히려 상식 이하죠.

마찬가지로 당시 총리였던 아소 타로가 고급 호텔의 회원제 바에서 술을 마신 것은 오히려 실질적인 방법 아니었을까요? 긴자의 고급 클럽에서 호스티스를 옆에 앉히고 술을 마셨다면 가격의 단위는 달라지겠지만 기밀은 보장되지 않았겠죠. 정의의 사도인 척 기밀을 캐려는 매스컴 관계자나 정당 관계자들에게도 좀스러운 가난뱅이로 비쳤을 테고요.

사소하고 유치한 규칙을 자꾸 만들어 그 테두리 안에서 움직이면 별 탈 없다고 하는 자세는 언뜻 보기에는 질서 정연한 듯해도, 실은 인간으로서 아무 생각도 하지 않는 것이나 다를 바 없습니다.

무슨 일이 있을 때마다 정치인을 머리 숙이게 하는 정치 자금 규정법이 그 상징 아닐까요? 얼마 전에 마에하라 세이지 당시 외무상이 오래도록 단골로 드나든 갈비구이집의 한국인 할머니에게 해마다 5만 엔의 기부금을 받았다는 이유로 사임했습니다.

엄격하게 말하자면, 정치라는 일을 선택한 이상 바늘을 곤두세운 고슴도치처럼 늘 긴장하고 사람을 의심할 필요가 있었죠. 재판관이 그렇듯, 타인이 하는 말을 의심하고 눈앞에 있는 상대를 의심하고 우정까지 의심해야 하는 일을 선택했으니 스스로 그런 태도를 유지했어야 하는데, 그러지 못한 마에하라 씨는 그런 의미에서 안이했다고 할 수 있습니다.

애당초 정치가는 거지와 별다를 게 없다고 생각합니다. 표를 얻으려면 타인에게 아부를 하고 또 돈을 받을 수밖에 없습니다. 유권자에게 좋은 인상을 얻으려면 웃는 얼굴로 악수를 청할 수밖에 없습니다. 정치에 지식이나 관심이 있든 없든, 모든 유권자가 한 표씩 던지는 제도에서는 귀에 거슬리는 말은 피하고 언제 어디서든 유권자에게 아부할 수밖에 없습니다.

그러나 인간이라는 입장에서 한번 따져보죠. 어렸을 때부터 신세를 졌고, 또 열심히 응원해준 일흔 넘은 갈비구이집 할머니에게 "덕분에 어엿한 정치인이 되었습니다. 핸드백이나 블라우스라도 사십시오" 하고 5만 엔 정도 주는 것은 자연스러운 일이 아닐까요? 그런데 규칙에 저촉되는 일이니 안 된다고 하고, 또 잘 알고 지내던 할머니에게 용돈을 좀 받아놓고, 몰랐다, 그래서 고맙다는 인사 한번 제대로 못 했다 하는 일이 벌어지는 것이죠. 정치인은 정말 마음이 빈한해야 할 수 있는 직업인 듯합니다. 참 딱한 직업이죠.

이 얘기는 하나부터 열까지, 정말 좀스럽고 무례합니다.

세세하게 규칙을 정하면 정할수록 본질에서 멀어지고, 내용 자체도 나쁜지 좋은지 알 수 없게 되는 것이 문제입니다. 일일이 규칙을 만들지 않았다면, 자신이 무슨 생각으로 행동하고 있으며 사람들이 물으면 뭐라고 대답하고 설명할 것인지를 스스로 생각하겠죠. 그렇게 인간성의 내실을 다지면서, 무슨 일이 생길 때마다 생각하고 또 판단하게 될 것입니다.

그런데 처음부터 그런 과정을 방기하고 규칙 속으로 도피하게 되면, 인간 그 자체를 알 수 없게 됩니다. 매스컴이 규칙이라는 명분 아래 차별적인 언어를 자발적으로 규제하면 규제할수록, 인간은 차별에 대해 깊이 생각하는 기회를 뺏기는 것이나 다름없습니다.

인간은 자신의 취향에 따라
스스로를 단련하는 존재입니다.

# #4

모든일에는
양면이 있다

인간은 모두 평등하기를 바라지만
평등하지 않은 것이 사실입니다.
그러니 평등할 수 있도록
애를 씁니다.

# 인간 모두를
# 교활한 악이라고
# 생각한다

나는 '일본 최고의 미녀'라 불리는 야마모토 후지코 씨나 엘리자베스 테일러와 나이가 거의 비슷하고, 젊은 시절의 마릴린 먼로와 키와 몸무게가 비슷합니다. 그녀가 자살한 후 안치소에서 발표한 것이니 정확한 수치입니다. 내가 그렇게 말하면 남자들은 모두 "거짓말이겠죠" 하면서 실망하는 표정을 짓습니다. 나야 뭐 남자들의 꿈을 깨고 싶어서 일부러 그렇게 말하는 것이지만요. 타고난 용모와 살면서 버는 돈은 절대 평등하지 않습니다. 그것은 인간 사회에서 당연한 일이죠.

그런데도 '인간은 평등하다'고 가르치는 것은 기본적으로 잘못입니다. 예를 들어 '일본은 민주주의 국가다'라는 말에는 두 가지 의미가 있습니다. 한 가지는 말 그대로 '일본은 민주주의 체제 국가'라는 것이고, 또 한 가지는 '일본은 민주주의 국가이기를 지향한다'는 의미입니다. 현실적으로는 후자가 사실이고 전자는 아직 실현되지 않은 상태이죠.

마찬가지로 인간은 모두 평등하기를 바라지만 평등하지 않은 것이 사실입니다. 그러나 평등할 수 있도록 애를 쓰죠. 이 두 가지를 혼동하고, 평등하지 않다고 느끼면 당장 불평불만을 늘어놓는 것은 현실을 보지 않기 때문입니다.

무슨 일에든 선악의 양면이 있습니다. 최근에 '고독'이 사회 문제로 대두되고 있는데, 사람과의 교류가 우리를 풍요롭게 하는 것도 사실이지만 고독이 인간을 단련하고 시련이 사람을 강하게 하는 것 또한 사실입니다. 인간 모두가 평등할 수 없고, 아이들도 모두 착하지 않습니다. 개중에는 나쁜 아이들도 있고, 인간 모두가 교활하고 나쁜 성격도 갖고 있습니다. 모두가 나쁘지만, 때로는 훌륭한 면을 보일 가능성을 지니고 있는 것이 인간입니다.

나는 줄곧 미션계 스쿨을 다녔기 때문에, 천황폐하의 신격이니 신국 일본이니 하는 전쟁 전의 사고방식에 물들지 않고 성장했습니다. 전쟁이 끝나던 해 중학교 2학년이었고 인간성도 전후 사회 속에서 형성된 부분이 많지만, 다행히 전후 교육의 악영향은 받지 않은 것이죠.

모두들 입을 모아 '격차가 있어서는 안 된다'고 합니다. 격차를 없애는 것은 물론 바람직한 일이지만, 남들처럼 하는 것을 싫어하는 사람도 있습니다. 아니 모두와 똑같아 보이기 싫어서 일부러 청바지를 찢는 사람도 있습니다.

얼마 전, 내가 출연하는 텔레비전 프로그램에 자원봉사 활동을 하고 있는 분을 초대해, 만만치 않은 자원봉사에 대해 얘기를 들으려 했지만 거절당했습니다. 텔레비전에는 나가지 않는 주의라고 하면서요. 참 산뜻한 선택입니다.

선이냐 악이냐, 흑이냐 백이냐. 만사를 이원론으로 생각하는 것은 유치함의 표시라고 생각합니다. 인간은 많은 어려움을 이겨내야 비로소 훌륭한 인격을 갖출 수 있다는 말이 사실이라면, 많은 어려움이 인간의 성격을 비뚤어지게 하는 것 또한 사실이라 어느 한쪽만이 진실이라고 할 수도 없습니다.

인간은 대부분 평범하고 신도 아니거니와 악마도 아니니 완벽한 선인도 완벽한 악인도 존재하지 않습니다. 선과 악의 사이에 있는 것이 인간이라는 존재죠. pH 같으면 7을 중심으로 알칼리성과 산성을 구분할 수 있지만, 인간이 지닌 선과 악은 분명하게 구분하기 어렵습니다. 그러니 규칙이 다 규제할 수 없는 인간의 친절함, 인간이 느끼는 공포, 그리고 인간이 보여주는 재미 등을 두루 포함하는 존재가 인간이라는 것을 파악할 수 있는 감수성과 용기가 필요합니다.

인생의 온갖 요소가 그 사람에게 부정적으로 작용할지 긍정적으로 작용할지는 알 수 없지만, 어느 쪽이든 필요하다고 생각합니다. 희망도 필요한가 하면 절망도 필요하다는 것이죠. 고독에만 빠져 있으면 지치니까, 때로는 술을 마시며 웃고 떠드는 시간도 필요합니다. 양면이 있으니,

양쪽 모두 필요하다는 것입니다.

전에 누구의 추천으로 한 종교단체 교조教祖의 자서전을 읽은 적이 있습니다. '나는 어렸을 때부터 불쌍한 사람을 돕는 것을 좋아해서 나는 먹지 못하는 한이 있어도 남을 먹였다'는 투의 내용이 계속되는 터라, 끝까지 읽을 수가 없었습니다. 선악의 관점에서 보면 훌륭한 일을 했다고 할 수 있겠죠. 하지만 내 생각과는 아주 달랐습니다.

좋은 일도 좋지만, 좋은 일만 하면서 살 수는 없죠. 세상에는 나와 같은 생각을 갖고 있는 사람도 물론 있겠죠. 나를 포함해 주변 사람들 역시 모두들 적당히 살고 충동적으로 나쁜 짓도 하고 교활하게 행동하기도 합니다. 하지만 그런 한편으로 좋은 일도 하고 싶어 하죠. 그 양쪽 모두를 하고 또 하고 싶어 하는 것은 모순되지 않습니다. 그런 것이 인간성이라고 생각합니다.

옛날부터 나는 순수함보다 불순함을 좋아했습니다. 오히려 불순함이 현실이며 인생이라고 생각했고, 실제로도 좋기만 한 사람이나 나쁘기만 한 사람은 만나본 적이 없습니다.

오에 겐자부로 씨는 오키나와 전투에서 도카시키 섬의 주민에게 집단 자결을 명한 육군 특공대의 스물다섯 살 대장을 '거대한 죄의 덩어리'라고 표현했는데요. 나는 그 한마디 표현 때문에, 이 세상에 그렇게 악한 사람이 있다면 꼭 만나보고 싶다는 생각이 들었습니다. 《오키나와 전투. 도카시키 섬 '집단 자결'의 진실》이라는 글을 쓴 것도 그런 이유에서였죠. 그런데 관계자를 수도 없이 만나봤지만, 그 젊은 대장이 자결 명령을 내렸다는 분명한 증언은 없었습니다. 오히려 경찰과 부관은 '그런 명령을 내리지 않았다'고 증언했죠. 나는 '거대한 죄의 덩어리'에 해당하는 악인을 만나고 싶었지만, 그런 불명예를 안은 대장 역시 다소 판단의 실수는 했어도 선량하고 평범한 사람이었을 거라고 생각합니다.

아우슈비츠를 처음 방문했을 때, 나는 하루 만에 자율신경 실어증에 걸리고 말았습니다. 스스로가 그리 나약한 인간은 아니라고 생각했는데, 부정맥이 생길 정도로 충격을 받았던 것이죠. 그리고 나치에 관련된 책을 잇달아 읽었지만, 많이 읽으면 읽을수록 히틀러도 아이히만도 시시하게 느껴졌습니다.

《'아이히만 조서' 이스라엘 경찰심문 녹음기록》을 읽고 홀로코스트에 대한 분노로 치를 떠는 사람이 많을 테지만, 그의 대답은 살기 위해서라면 인간은 누구든 그렇게 말할 것이란 범주를 벗어나지 않습니다.

'그들이 내 명령으로 이동한 것은 분명하지만, 나는 위에서 내려온 명령을 따랐을 뿐이다. 그들이 간 곳에서 무슨 일이 있을지도 어렴풋이 알고 있었지만, 그때 그들을 이동시키는 것이 나의 임무였던 이상 따르지 않았을 수 없었다.'

오십 보 백 보인 셈이죠.

소설가는 인간의 현실을 철두철미하게 보려 하는 존재입니다. 내가 아이히만과 같은 처지였다 해도 그와 똑같은 행동과 말을 했을 겁니다. 아니면 기차를 도중에 세우고 문을 활짝 열어 유대인 전원을 풀어주는 영웅이 되었든지 말이죠. 그러나 자신의 죽음을 의미하는 행동까지 과감하게 했을지는 나 자신도 뭐라 말할 수 없군요.

# do-gooder는
# 되고 싶지 않다

　　　　　이경재라는 한국인 신부를 지금도 잘 기억
하고 있습니다. 그는 의사는 아니지만, 자신의 돈을 들여
한국에 '성 나자로 마을'을 만들고 이미 치료를 끝낸 나환
자들이 공동생활을 할 수 있도록 했습니다.

　그가 마을의 생활환경을 개선하기 위한 기부금을 모으
려고 간간이 일본도 방문했기 때문에, 나는 그 신부의 얼
굴을 볼 때마다 '또 돈을 모으러 왔나?'하고 생각했죠. 그
래서 한 번은 "신부님, 이번에는 왜 돈이 필요하시죠?" 하

고 물어보았습니다.

"일본과 독일 사람들 덕분에 성당과 주거용 건물은 지었지만, 아직 식당이 없습니다. 지금은 각자의 방에서 식사하고 있는데, 식당이 있다면 다 같이 모여서 합창을 즐길 수도 있고 영화도 볼 수 있고, 손님을 초대해 좋은 얘기도 들을 수 있겠죠."

"그래서 식당을 지으려면 얼마나 들까요?"

"6백만 엔 정도면 될 겁니다."

그런 대화를 나누다 동인지에서 같이 활동했던 가지야마 도시유키 씨가 떠올랐습니다. 당시 한창 잘나가는 인기 작가에 미남이었던 가지야마 씨는 술값 외상이 매달 100만 엔을 넘는다는 소문이 나돌았기 때문이죠. 세 달 치를 모으면 300만 엔이니 가지야마 씨에게 절반을 내라고 하고 나머지를 모금할까 하고 생각했죠. 물론 그런 의중을 내비치지는 않았습니다.

그런데 이 신부님이 "소노 씨, 한 사람에게 내라고 하지는 마십시오" 하지 않겠어요? 일본말을 잘하는 세대라고는 하나 독심술이라도 사용했나 싶은 기분이 들었습니다.

그래서 왜냐고 되물었더니 이렇게 대답하더군요.

"사람을 돕는 귀중한 기회는 한 사람이 독점하기보다 여러 사람이 나눠야죠."

나는 아무런 대꾸도 할 수 없었습니다. 일본인에게서는 이렇듯 패기에 찬 말을 들어본 적이 없었기 때문이죠. 역시 세상에는 대단한 사람이 참 많다 싶었습니다. 신부님은 그 후 바로 돌아가셨지만, 나는 그의 제자가 되었습니다.

전에 언급한 '타이거 마스크 현상'은 수많은 매스컴에서 미담으로 보도되었는데, 나는 위화감을 느끼지 않을 수 없었습니다. 처음 그 일을 시작한 사람은 물론 그렇지 않지만, 그 후 줄지은 선의의 영웅들을 영어로 하면 do-gooder가 아닐까 하는 생각이 든 것이죠. 언제든지 그만둘 수 있다, 그리 큰돈도 아니다, 자신이 즐겁다, 사람들도 칭찬해준다. 이 네 가지를 갖추면 do-gooder, 타인에게 좋은 면을 보이고 싶어 하는 사람, 일관성 없이 타인의 칭찬을 목적으로 선을 베푸는 자선가를 뜻하게 됩니다.

이 단어를 구미 사람들은 '두 굿더'라고 발음하지 않습니다. 내가 무지했던 것이죠. '두 구더'라고 발음하는 통에 나는 무슨 말인지 전혀 알아듣지 못했습니다. "영문과였다면서 안 배웠어요?" 하고 완전히 바보 취급을 당했죠.

선행은 받는 쪽을 위해서나 주는 쪽을 위해서나 소리 없이 하는 것이 좋습니다. '선행이 이렇듯 퍼져나가고 있으니 일본 사람도 본받을 만하다' 하고 칭송하는 것은 사실은 잘못된 일입니다. 사람들로부터 훌륭하다는 찬사를 받고 좋아하는 것도 사실은 부끄러운 일입니다. 적어도 좋은 취향이라고 할 수 없죠.

인도 북부의 고도古都 아그라에 있는 나환자 병원을 취재하러 갔을 때 일입니다. 파르시라 불리는 배화교도의 집에서 식사를 하는데 생선튀김이 나왔습니다. 아그라는 내륙 지방이기 때문에 "이 생선은 벵골 만과 아라비아 해, 어느 쪽에서 잡은 것인가요?" 하고 물어보았더니 "야무나 강"이라고 대답하더군요. 즉 갠지스 강의 지류인 야무나 강에서 잡은 신선한 생선이라는 뜻이었죠. 그러나 야무나 강 역시 죽은 자를 화장한 후 그 재를 뿌리는 곳입니다. 가난한 집에서는 화장에 필요한 장작을 충분히 살 돈이 없기 때문에 시신을 그대로 태우기도 하는데, 그 경우에도 바로 강에 떠내려 보냅니다. 따라서 야무나 강의 물고기는 인육을 먹었을 수도 있는 것이죠.

나는 잠시 망설이다가 생선튀김을 먹기로 했습니다. 만약 그때 사양했다면, 나는 '어떤 일이 있어도 인육을 먹을 수 없다'고 죽을 때까지 주장하게 되었겠죠. 그러나 산 것이 죽음을 통해 타자의 먹을거리가 되는 것은 자연계의 섭리입니다. 인간은 외부에서 주어지는 것으로 살아가는 존재인 동시에, 그 외부에 잔인한 행동을 하는 존재이기도 합니다. 아니 인간은 나쁜 짓을 할 수밖에 없는 존재인 것이죠. 나를 포함해 모두 그렇습니다. 그 점을 인정하지 못하고 천진하게 자기는 착하다고 생각하는 사람은 참 골치가 아프죠.

나 자신은 do-gooder가 될 마음이 없었습니다. do-gooder를 싫어하면서 왜 그렇게 자주 아프리카에 가느냐고 묻는다면 그 이유를 이렇게 말하겠죠.

첫째, 후원금을 내는 3천 명의 서포터들에게 보고할 의무가 있기 때문입니다.

둘째, 먹을 것도 없고 잘 곳도 없어 무릎을 껴안고 잠들어야 하는 아이들, 고열에 시달리면서 약 한 알 먹을 수 없는 아이들, 같은 인간으로서 가능하면 그런 아이들을 그 참혹한 상황에서 벗어나게 하고 싶습니다. 그리고 그 후에 는 그들 스스로 공부하고 생각할 수 있도록 학교를 짓겠 습니다.

그 정도입니다. 선행이랄 것도 없죠.

# 모욕과
# 존경은
# 양립한다

　　　나는 백인 우월론의 근거도 그 의미도 잘 모릅니다만, 경험상 황색인종이 차별받고 있는 것은 분명하다고 말할 수 있습니다. 구미에서 재단 활동을 할 때도, 굳이 말은 하지 않지만 속으로 '음험한 우월론자겠구나'하고 생각한 일이 몇 번이나 있었습니다. 그렇다 해도 나 자신은 곤란할 것도 전혀 없고 상처를 입지도 않습니다. 백인이라서 흑인이나 황색인종보다 우월해야 한다면, 그 때문에 상당히 자유롭지 못하겠네, 하고 생각할 뿐입니다.

그렇다면 나는 아프리카 흑인에 대한 차별 의식이 조금도 없느냐? 물론 있습니다. 개인적으로는 좋은 사람을 많이 알고 있지만, 미신을 고집하거나 게으르고 불합리한 사람도 많으니까요. 하지만 그들이 그럴 수밖에 없는 이유도 분명히 알고 있습니다. 위정자들이 이기적이고 국민을 생각하지 않기 때문이죠. 그들은 교육도 받지 못했고 직업도 없으니 앞날에 대한 희망을 품을 수 없습니다. 독립한 지 반세기가 지났는데도 지금의 상황을 여전히 식민지 지배 탓으로 돌리는 것 역시 나로서는 이해하기 어렵습니다. 그러나 한편 그들의 위대한 생활력에는 언제나 존경심을 품고 있습니다.

저녁으로 먹을 쌀이 있으면 엄마는 오전에 아이들을 모아놓고 절구와 공이로 쌀을 빻게 합니다. 그리고 저녁때가 되면 엄마가 고생스럽게 주워온 장작으로 오두막 앞에 있는 아궁이에 불을 피워 밥을 짓습니다. 어둠이 밀려올 즈음이면 불이 피어오르면서 고소한 냄새가 마을 전체에 퍼지죠. 가족들은 그날 먹을거리가 있다는 것 하나만으로도 충분히 행복해합니다. 내일 먹을거리가 있을지 없을지는 생각하지 않습니다. 오늘이든 내일이든 끊임없이 걱정과 불안에 시달리는 생활과는 전혀 차원이 다릅니다.

아프리카는 흙먼지가 풀풀 날리는 땅이고 사람들은 가난하고 위생 관념도 없어 길거리에는 늘 쓰레기가 널려 있습니다. 하지만 집 안은 깨끗하죠. 그 불균형이 많은 것을 얘기해줍니다. 물과 연료는 부족한데, 말라리아 같은 풍토병은 널리 퍼져 있고 나라에 따라서는 에이즈 환자도 넘쳐납니다. 아이러니하죠. 아무도 약속 시간을 지키지 않고, 물건 관리도 하지 않습니다. 청결함을 좋아하고 꼼꼼한 우리들은 대개 화를 내죠.

내일 당장 비행기를 타고 이 나라를 떠나겠다, 이제 지긋지긋하다……. 그러고는 다음 날 새벽 4시쯤 눈을 뜹니다. 왜 그렇게 일찍 일어났는지 아세요? 새들입니다. 어둠 속에 나뭇가지들이 어슴푸레 보일 무렵이면, 한 마리가 열 마리를 깨우고, 열 마리가 백 마리, 천 마리를 깨우는 식으로 새들이 지저귀기 때문입니다. 그러다 보면 수만 마리의 합창이 시작되는 통에 어쩔 수 없이 눈을 뜨는 것이죠. 그리고 그 시간쯤 불어오는 더없이 시원하고 향기로운 바람, 그때껏 한 번도 들이쉰 적 없는 맑은 공기와 더불어 해가 떠오르는 7시 즈음까지, 아프리카의 아침은 말로는 다 형용할 수 없는 아름다움을 보여줍니다.

그러니 사람도 덩달아 일어날 수밖에 없습니다. 그러고는 조금 전까지도 출발을 하느니 마느니 하던 사람이 "조금 더 있어 볼까?" 하는 말을 중얼거립니다. 생명력이 넘치는 아프리카는 우울증이나 은둔형 외톨이 같은 것들과는 전혀 무관한 세계입니다. 그것이 바로 아프리카라는 피부색이 검은 미녀가  놓은 '덫'이죠.

먹고 자고 섹스를 하고, 그 대가로 가난과 병을 감수해야 하는 땅이지만 거기에는 강렬한 자연의 약동과 피할 수 없는 인간의 영위가 엄연히 존재하고 있으니까요. 죽음을 생각할 틈도 없습니다. 인간 사회에는 차별도 존경도 다 있습니다. 차별만 숨기려 하는 것은 위선이고, 차별 의식을 없애라 하는 것도 억지입니다. 적어도 나는 그럴 능력이 없습니다. 그러니 나는 아프리카를 경멸하고 존경하는 마음을 다 갖고 있습니다.

남아프리카로 향하는 비행기 안에서 옆에 앉은 백인 남

성과 대화를 나눈 적이 있습니다.

"뭐 하러 남아프리카에 가느냐고요? 나는 당신 나라의 에이즈 호스피스에 영안실을 짓기 위해 가는 거예요. 병상이 50개밖에 안 되는 호스피스에서 날마다 한 사람은 죽어 나가죠. 그런데 영안실이 없으니 시신이 바로 썩어버리는 거예요. 당신네 나라가 영안실을 지어주지 않기 때문에 우리가 지으러 가는 겁니다."

"백인이 아무리 열심히 일해도 부패한 흑인 정부는 나라를 위해 돈을 쓰지 않습니다. 만델라가 대통령이 되었지만, 부패한 관료와 횡령은 여전히 넘쳐나고 있으니까요."

"그럼 왜 당신은 그런 일이 없는 유럽으로 돌아가지 않나요?"

"왜 유럽으로 돌아가야 하죠? 당신도 아프리카의 아름다움을 봤을 텐데요. 나는 그 나라에서 태어난 그 나라 사람입니다. 스스로 내 나라를 버릴 이유는 없죠."

앞뒤가 안 맞는 듯하지만, 이해가 가기도 합니다. 차별을 느끼게 되는 요소는 엄연히 존재하지만, 뭐라 표현할 수 없는 아름다움도 존재하는 곳, 바로 그런 곳이 아프리카죠.

계급의식이 철저한 인도의 힌두교 사회에는 달리트Dalit
라고 불리는 불가촉천민이 있고, 그들과 접촉하는 것을 더
럽게 생각하는 사람이 지금도 있습니다. 나는 외국인이라
서 그런 식으로 생각하지 않지만요. 달리트 중에도 솔직하
고 우수한 청년은 있고, 그들 자신이 차별을 좋아해서 자
신들보다 낮은 계층의 개념을 만들어 차별하는 쪽에 서는
사람도 있으니, 인간이란 차별을 참 좋아하나 보다고 생각
할 뿐입니다.

한편 최상층인 브라만은 그 사람 집에 만약 세계에서 가
장 유명한 인물인 미국 대통령 부부가 왔다 해도 "어서 오
십시오. 영광입니다" 하며 맞이해놓고, 돌아간 후에는 "거
실이 더럽혀졌다"면서 부정을 씻어내기 위해 틀림없이 소
똥을 바르겠죠. 채식주의자인 브라만들에게 피가 있는 고
기를 먹은 자는 모두 '더럽혀진 자'이기 때문입니다.

물론 나는 그런 교의를 납득할 수 없고, 엄격한 계급과
차별이 존재하는 사회에 들어가고 싶은 마음도 없습니다.
그러나 한편으로는 소똥으로 부정을 씻어 마음이 편해진

다면 그것도 좋은 일이라고는 생각합니다. 보는 시각에 따라서는 편견이고 차별일 수 있지만, 인간의 현명함일 수도 있고 또한 어리석음일 수도 있으니까요. 차별은 자유롭지 못하고 하찮은 것이지만, 어떤 의미에서는 인간의 재미있는 부분이기도 하고 문화의 한 요소이기도 합니다. 비인도적인 일이며 인권에 대한 근본적인 도전이라고 단정하는 사람들은 도저히 이해할 수 없는 인간미인 것이죠.

# 구걸 또한
노동이다

물론 인간 사회에 격차가 있는 것은 바람직하지 못한 일입니다. 하지만 그 격차가 문화를 창출하는 것 또한 사실이죠. 밋밋한 평등 사회 속에서는 문화도 예술도 생겨나지 않고, 엄청난 부의 지원 없이는 레오나르도 다 빈치 같은 위대한 예술가도 절대 나타날 수 없습니다. 역사를 돌이켜보아도, 불법적인 부의 축적이 없는 곳에는 문화가 생겨나지 않았으니, 그것이 바로 세상만사의 양면성이겠지요.

한쪽은 유유자적하게 사치를 누리고 한쪽은 제대로 먹지도 못 할 만큼 가난한 것은 공정하지 못한 일이지만, 어느 쪽이 행복의 총량이 많은지는 알 수 없습니다. 평전을 읽어보면 위정자의 인생이란 참담하다는 인상을 받는데, 거기에도 행복과 불행의 양면은 당연히 있었겠죠.

큐 에이칸 씨는 옛날에 이렇게 말한 적이 있습니다.

"정말 행복한 사람은 푼돈이 있는 서민이다."

나를 포함한 우리나라 사람 대부분이 여기에 해당합니다. 그날 먹을 음식과 입을 옷이 있고, 매일 목욕을 할 수 있고, 장작을 주워 들이지 않아도 겨울을 따뜻하게 날 수 있으며, 근대적인 경찰 조직이 치안을 유지하고, 교통수단이 정확하게 운행되어 안심하고 외출할 수 있는 환경. 전 세계에서도 아주 소수만이 누릴 수 있는 그런 생활을 행복하다고 느끼지 않는다면, 인간성이 부족한 것이죠.

오늘날 우리나라 사람은 가난의 의미를 잘 모르는 것 같습니다. 건강과 자유와 다소의 돈이 있으면 외국에 갈 수 있는데도 가지 않으니, 점점 더 좁은 시야 속에서 모든 것을 판단하게 됩니다. 자식은 모험을 하고 싶어 하지 않고,

부모는 모험을 시키고 싶어 하지 않습니다. 안심과 안전을 외치는 세상, 생활 전체를 보호해주는 것도 모자라 그 수준을 높이기 위해 애쓰는데도 불평불만이 지나치게 많은 것은 매스컴이 부추기는 탓도 있겠지만, '우물 안 개구리'처럼 큰 바다를 모르는 섬나라 근성이라는 말밖에 달리 할 말이 없습니다.

내가 생각하는 빈곤의 조건은 딱 하나, '지금 당장 먹을 것이 없는 상태'입니다. 내 손에는 지금 먹을 것이 없지만, 다른 곳에 가면 있는 경우는 빈곤이라 할 수 없습니다. 아프리카에서는 '먹을 것이 없다'고 하면 정말 없는 것입니다. 그 해결책은 빈 배를 부여잡고 물을 마시고 자든지 남의 것을 훔치든지 구걸을 하는 것 세 가지밖에 없습니다.

북이탈리아의 트레비조라는 오래된 도시에 갔을 때, 크리스마스 시즌이라 알록달록하게 장식한 장난감 가게 앞에서 문득 걸음을 멈췄습니다. 인형을 그리 좋아하는 편이 아닌데, 그 가게에 있는 일종의 민속 인형이랄까, 그 도시의 옛사람들이 노동하는 모습을 표현한 인형들이 눈에 쏙 들어왔기 때문이죠.

앞치마를 두르고 우물에서 물을 긷는 아주머니, 장작을 패는 아저씨, 피자를 굽는 남자 등 합성수지로 만든 인형들이 배터리로 움직이는데, 그다지 정교하지 않고 동작도 딱 한 가지뿐인데도 리얼리티는 충분했습니다. 한 개에 70유로라 기념품으로는 너무 비싸다는 생각에 사지 않았지만, 그중에서 나를 감동시킨 것은 한쪽 다리가 없어 지팡이를 짚으면서 손에 든 바구니를 내미는 동작을 하는 거지 인형이었습니다.

이탈리아에서는 구걸도 엄연한 직업의 하나로 여기기 때문에 그 인형 역시 지금 일하고 있는 것입니다. 이탈리아라는 나라는 총리가 성매매로 탄핵을 당할 만큼 속되고 번잡스러운 반면, 실로 인간적이며 깊이가 있습니다. 타락한 사제도 있지만, 그 때문에 신앙까지 내던지는 것은 아니니, 혼돈을 그대로 받아들입니다.

원래 혼돈이 없이 질서 정연한 세상은 증류수 같아서 물고기도 살지 못합니다. 신앙과 타락, 이성과 감정 등 온갖 것이 인간 사회라는 거대한 혼돈의 소용돌이 속에 뒤죽박죽 섞여 있는 가운데, 자신에게 무엇이 중요한지 파악해

가면서 인간은 성장합니다. 그러니까 혼돈이야말로 인생이라 할 수 있는 것이죠. 신문이나 출판사에서 '구걸' 또는 '거지'라는 말만 사용해도 차별 언어이니 정정하라고 요구하는 우리 사회와는 사고방식이 전혀 다릅니다.

이탈리아에 있는 우리나라 사람에게서 들은 얘기인데, 어떤 수도원은 갓 들어온 새내기 수녀에게 유명한 두오모 앞에 가서 구걸을 하라고 시키는 곳도 있다고 합니다. 가난한 집안에서 태어났거나 부모가 없는 수녀도 있지만, 중산층이나 상류층 출신이라 지성과 교양을 겸비한 데다 학력까지 높은 수녀는 의식주에 곤란을 겪었던 적이 없는 경우가 대부분입니다. 그러나 그런 과거의 자신을 당연시하면 수녀 생활을 할 수 없기 때문에 굳이 거지 생활을 경험하도록 한다는 것입니다. 속세의 모든 상황을 벗어던진 시점을 스스로 알고 신과 종교에 종사하라는 뜻이겠죠.

나는 인간을 교육하는 데 그런 발상이 필요하다고 생각합니다. 인간의 밑바닥을 철저하게 알고 기본을 다진 후에 인간으로 다시 출발하는 것입니다. 그것이야말로 교육이 지닌 강력한 힘이라고 생각합니다. 그러지 않고는 이 어지러운 세상을 이겨낼 힘을 키울 수 없을 뿐만 아니라 그 전에 스스로 생각하는 습관도 체득하지 못할 것입니다.

# 격차가
# 없는 사회는
# 없다

　　남편은 어렸을 때부터 게으름뱅이였고, 어떻게 하면 편하게 지낼 수 있는지 그런 것만 머리를 굴렸다고 합니다. 글솜씨는 꽤 있어서 여름방학 내내 일기를 쓰지 않다가 8월말쯤 되면 한꺼번에 썼다고 하네요. 한 달 치를 한꺼번에 쓰려면 요령이 필요한데, 구름, 비 등의 날씨는 친구에게 가르쳐달라 하고, 내용은 '이웃집 아주머니가 수박을 갖다주었다', ' 빨래를 떨어뜨려서 엄마에게 혼났다' 등의 사건을 날짜를 건너 뛰어가면서 썼답니다. 그렇게 하면 문장이 비슷하지 않기 때문에 들킬 염려도 없을뿐더러 글의 완성도도 꽤 좋아지는지 담임선생님은 '미우라가 일기를 가장 잘 썼다'며 칭찬해주었다고 하네요.

그리고 반대로 엉망으로 썼다고 거론된 아이들 얘기도 종종 합니다. 선생님은 일기를 가장 못 쓴 아이에게 벌로 자신의 일기를 읽게 했다고 합니다.

'8월 1일 동생 보기'

'8월 2일 동생 보기'

'8월 3일 동생 보기'

그 아이의 부모는 여름방학 동안 한 번도 아이를 데리고 어디를 가지 않았습니다. 놀이공원이나 해수욕장과는 인연이 없는 농가의 아들은 날마다 여동생을 등에 업고 돌봐야 했으니 일기의 내용이 그렇게 된 것이겠죠. 그러나 이 글은 시 그 자체입니다.

남편 얘기로는, 학교에서 돌아오는 길에 친구와 감을 몰래 땄다가 농부에게 혼쭐이 났는데, 어른이 들어올 수 없는 대나무 숲으로 숨어들었을 때도 그 아이는 여동생을 등에 업고 있었다고 합니다. 그리고 청년이 되어서는 전쟁터에서 죽었다고 하는데, 남편은 지금도 그 친구의 생애를 마음 아파합니다. 나도 그 얘기를 들을 때마다 눈물을 흘리곤 하죠.

남편은 산타마에서 태어났습니다. 당시 산타마는 지금과는 전혀 다른 시골이었으니 도시락을 싸오지 못해 점심 시간이면 운동장에서 뛰노는 아이들이 적지 않았다고 합니다. 과거에는 또래 아이들에 비해 가정환경이 윤택하지 않은 아이들이 어디에나 있었습니다.

요즘에도 한부모 가정이나 경제적으로 여유가 없는 가정은 얼마든지 있는데, '평등'이라는 가능하지 않은 개념을 내세워 그 사실을 숨기려 하는 풍조가 있습니다. 그러나 아이들에게는 아이들 나름의 이해력과 적응력이 있죠. 운동회 때 가족이 보러 오지 않은 아이가 있으면, 어느 친구든 "우리 도시락 같이 먹자"고 말해주면 되는 일입니다.

우리 아버지는 전쟁 중에 군수공장에서 일했는데, 직장암을 앓는 바람에 일을 계속할 수 없어 생활이 다소 빠듯해졌습니다. 동급생 중에 가정이 유복한 아이가 나를 종종 시가 고원이나 즈시에 있는 별장으로 데리고 갔어요. 그러면 나는 신나게 따라가서 맛있는 음식을 먹고 귀여움도 많이 받았습니다. 답례는 아무것도 할 수 없었지만, 그래서 창피하거나 미안하다고 생각한 적은 없습니다.

가난하다고 해서 비굴하게 굴지 않고 유복하다고 해서 괜히 뻐기지 않는 친구 사이. 그런 관계에 부모의 사회적인 위치나 재력은 별 영향을 미치지 않았고, 어른들이 꼬치꼬치 캐묻는 일도 없었습니다. 세상이 평등하지 않다는 것을 이미 알고서 친구들끼리 아주 단순한 인간관계를 유지했기 때문에 졸업하고 몇 년이 지난 후에도 서로가 '좋은 학교'였다고 말할 수 있는 것이지요.

3천 평이 넘는 저택에 사는 아이가 있었는데, 대기업 사장 딸인 줄도 모르고 갔다가 깜짝 놀란 일도 있습니다. 물론 입을 쩍 벌린 채 '우와, 굉장하다, 부럽네'하고 생각했지만 그뿐이었습니다. 가령 그 저택을 보고서 나도 언젠가는 부자가 되고 싶다는 꿈을 품었다면 평범하나마 그것도 하나의 꿈입니다. 타인을 부러워하는 한 면만 보고서 나쁘다고 단정하는 쪽이 오히려 시시한 반응이죠.

'격차는 좋지 않은 것'이라고 아무리 외쳐본들, 격차가 없는 세상은 존재하지 않습니다. 이상한 평등주의로 현실까지 가려버리면 진정한 친구는 생기지 않습니다. 프라이버시다, 개인 정보 유출이다 하고 요란을 떠는 것은 잘못입니다. 무슨 수를 써서든 프라이버시를 지키고 싶다면 출생신고를 하지 않는 것 외에 다른 방법은 없습니다. 그러면 나이가 알려지지 않을 테니 학교에 가지 않아도 되겠죠. 병력이 기록에 남는 건강보험의 신세를 지지 않아도 될 것이고요.

프라이버시나 인권이라는 권리만 강조하는 것은 이해할 수 없는 일입니다. 자신을 숨기기보다 여는 쪽이 인간관계가 훨씬 여유로워지기 때문이죠.

전후 사회에서 죽음은 마치 하나의 금기처럼 가려져 왔습니다. 인간이 죽는 모습과 시신을 보지 못하게 하고, 죽음 자체에 대한 생각도 하지 못하게 했습니다. 우리나라의 신문은 피 묻은 시신이나 범죄 현장의 사진을 싣지 않는데, 외국은 그렇지 않습니다. 사실을 있는 그대로 알리는 것이야말로 보도니까요. 삶이 있으면 죽음도 있고, 그 죽음의 모습에도 다양한 형태가 있는 것이 인생입니다.

마찬가지로 권리가 있으면 의무도 있으니, 이 또한 양면입니다. 우리들 인간에게는 교육이든 무엇이든, 국민이자 시민 그리고 가족으로서 받으면 주어야 할 의무가 있습니다. 생리학적으로 봐도 우리는 숨을 들이쉬면 내뱉고, 음식도 먹으면 배설합니다. 받기만 하며 살 수는 없죠. 그것이 권리와 의무의 관계입니다.

선이냐 악이냐, 흑이냐, 백이냐.
만사를 이원론으로 생각하는 것은
유치함의 표시라고 생각합니다.

# #5

프로는
도락가이며
기인

인생은 왕도의 곁가지에도 얼마든지
매력적인 스토리가 있습니다.
실은 그점이야말로 인간이
보여주는 재미입니다.

# 재능은
# 인내를
# 필요로 한다

　　야구의 이치로, 골프의 이시카와 료, 피겨스
케이트의 아사다 마오처럼 자식을 키우려고 어렸을 때부
터 열심인 부모가 아주 많습니다. 하지만 천부적인 재능을
타고난 사람이 있기 때문에 출발점부터 평등하지 않습니
다. 영재교육을 받으며 갈고닦아도 넘어설 수 없는 타고난
재능, 특히 시각적으로 보여줘야 하는 경기에서는 신체적
인 특징과 용모가 큰 비중을 차지합니다.

　예술의 세계에서도 성악 등은 그야말로 천부적인 재능

에 좌우되죠. 옛날에는 뚱뚱해도 성량만 좋으면 문제가 없었지만 요즘은 그렇지 않습니다. 여자 가수는 어느 정도 아름다운 용모도 요구받습니다. 그것은 세계적인 경향인지 남자 가수도 좋은 목소리와 더불어 성적 매력을 겸비해야 하는 시대입니다.

이탈리아에 사는 한 지인이 있는데, 오페라 가수를 지망하는 젊은이들의 발길이 끊이지 않는다고 합니다. 그녀는 원래 오페라 가수를 지망했는데, 자신은 일류가 될 수 없다는 것을 일찍 깨달았다고 하는군요. 그런 의미에서 그녀는 상당히 현명한 사람이었지만, 그렇다고 오페라 가수가 되고 싶어 하는 젊은이들에게 당신은 오페라 가수의 재능이 없으니 빨리 다른 길을 찾으라고 말할 수는 없다고 합니다.

자신이 타고난 것이 그 목표에 적합한지 아닌지를 무엇보다 본인이 빨리 깨달아야 하는데 말이죠. 그러나 음악가나 스포츠 선수로 일류가 되지 못해도, 기술과 성질을 잘 배워 그 분야의 발전과 진흥을 위해 일할 수도 있으니 비관할 필요는 없습니다.

누구에게 들은 얘기인데, 아동용 조그만 바이올린에는 반드시 얼룩이 있다더군요. 눈물에 니스가 녹은 흔적이랍니다. 자신의 의사가 아니라 부모나 주위의 권유 때문에 억지로 배우느라 울면서 연습한 수많은 어린이들 중에는 성장하면서 일류 연주자가 된 사람도 있고 그 배움이 인생에 아무런 도움이 되지 않은 사람도 있습니다. 또는 한동안은 열심히 계속했지만, 병을 앓거나 좌절감 때문에 다른 길로 빠진 사람도 있습니다.

인생이란 왕도의 곁가지에도 얼마든지 매력적인 스토리가 있습니다. 실은 그 점이야말로 인간이 보여주는 재미죠. 그런 재미를 가르쳐주는 일과 마주치면, 나는 소설가로서 '고마워' 하고 속으로 말하고 싶어집니다.

소설가는 실로 문턱이 낮은 직업이라 육체적인 자질이나 특성도 필요치 않고, 까다로운 병에 걸렸다 해도 글쓰기에는 오히려 자양분이 되고, 부자든 가난뱅이든 상관없습니다. 여자에게 인기가 있든 없든 상관없고, 그런 데다 고집이 세고 성깔이 있는 성격도 상당히 요긴하게 써먹을 수 있습니다. 다른 직종에서는 상상도 할 수 없을 만큼 관대한 직업이라고 생각합니다.

물론 써보지 않고는 알 수 없는 부분도 있지만, 다소의 재능과 인내심만 있으면 어떻게든 됩니다. 글을 쓰는 재능은 인내심이 말해주는 것으로, 나는 반세기 이상에 걸쳐 4백자 원고지로 15만 매, 6천만 자 이상을 써왔습니다. 딱히 자신에게 글 쓰는 재능이 있다고는 생각하지 않지만, 쓰는 일에 관한 한 인내가 가능했죠. 그것은 바로 어엿한 장인이 될 수 있는 이유이기도 합니다.

인생이란 참 재미있는 것이어서, 자유롭기만 하면 뭐든 다 할 수 있냐 하면 그렇지도 않습니다. 당시에는 몰랐던 일들도 나중에 되돌아보면 반드시 어떤 의미가 있습니다. 아무리 계산기를 두드려본들 세상은 뜻대로 되지 않는 법이고, 반대로 그리 계산하지 않았는데도 대박이 터지는 일도 있으니, 그럴 때는 순순히 기뻐하면 됩니다. 행복의 절정에서나 절망의 나락에서나, 운은 제로가 아닙니다. 그런 것이 인생이죠.

# 프로의 일은
# 목숨을 건
# 도락

　　　노동은 프로의 일과 아마추어의 일로 분명하게 구분할 수 있습니다. 아마추어는 노동한 시간에 따라 대가를 받는 사람이라서 시간 단위로 자신의 노동을 팝니다. 따라서 정해진 시간만큼 성실하게 일하면 되죠. 그러니 어느 나라의 발굴 현장에서 흙을 나르는 인부처럼 일부러 느긋하게 일하면서 시간만 지나기를 기다리는 사람도 생깁니다. 그런 노동의 대가가 싼 것은 어쩔 수 없는 일이죠. 대가를 높이려면 노동의 질을 높여 시간당 임금을 올리는 방법밖에 없습니다.

한편 프로는 시간과 전혀 무관하게 일합니다. 예를 들어 원고지 10매짜리 단편소설을 쓰는 데 100일이 걸리는 작가가 있고 2시간 정도면 쓴다는 작가도 있습니다. 어떤 상황에서 100일이 걸리는지, 또 어떻게 하면 2시간 만에 쓸수 있는지는 쓰는 사람의 성격이나 쓰는 방식에 달렸겠죠. 그러나 오래 걸렸다고 해서 그만큼 원고료를 더 주지는 않습니다. 걸린 시간에 상관없이 받는 원고료는 똑같으니 그 행위를 도락道樂이라 하지 않을 수 없죠.

나는 진정한 프로의 일은 취미와 도락의 영역이라고 생각합니다. 그렇다는 것을 숙지하고 프로로서 일할지 아니면 안정된 대가를 얻을 수 있는 아마추어로서 일할지, 그것은 스스로 결정할 일입니다.

그 대신 프로와 아마추어를 바라보는 세상의 시선은 아주 다릅니다. 프로와 아마추어의 일을 평등하게 취급하라는 것은 옳지 않은 일이고, 프로는 누구든 자신의 일에 자부심을 갖고 있으며 아마추어와 똑같이 취급되는 것을 원치 않습니다. 가령 책을 만드는 것은 진정 프로의 일입니다. 나는 원고를 쓰다가 잠이 오면 수시로 글자를 잘못 쓰고 빼먹기도 하고, 연호 같은 것은 좀 틀려도 상관하지 않습니다. 그러나 책을 만드는 당사자는 그렇지 않죠. 그들은 아무리 품이 많이 들어도 꼼꼼하게 손질해서 단정하게 책을 만들어냅니다.

얼마 전까지 대기업 사장이었던 사람이 취미로 손바닥만 한 텃밭을 일구고 있는데, 반 평을 가꾸고는 숨이 차고, 한 평이 넘으니 죽을 것 같다고 한탄을 했답니다. 그런데 그 모습을 옆에서 보던 농가 사람은 놀이를 하는 것처럼 몇 번 괭이질을 하더니 단박에 멋진 이랑을 만들었다는군요. 골프를 하듯이 어깨에 힘을 빼고 하면 된다고 조언을 해주어도 아마추어다 보니 그게 쉽지 않은 것이죠.

나도 어깨너머로 본 눈은 있어 흉내 내어 이랑을 만들어보았지만, 흙을 대충 쌓아놓은 꼴이었습니다. 괭이로 고랑을 쭉 파는 정도는 가능해도 흙을 고루 돌아 두둑을 만들수는 없었죠. 주위를 돌아보니 사람들이 남들 눈을 피해 나무 막대기로 슬며시 흙을 고르고 있더군요. 그렇게 애를 써야 하는 것이 아마추어의 애처로운 부분입니다. 무슨 일에서든 숙련된 프로와 어설픈 아마추어는 다릅니다. 그러니 아마추어는 아마추어 나름으로 즐기면 되는 것이고 프로에게 존경을 표하면 된다고 생각합니다.

의료 현장에 널리 퍼져 있는 '환자분'이라는 호칭에는 환자는 소비자니까 의사보다 위라는 얼토당토않은 오해가 담겨 있습니다. 그렇게 비굴한 언어를 사용하도록 누가 가르치는 것일까요? 후생노동성인가요? 왜 '환자분'이라고 해야 하는지 의료 관계자들 쪽에서 의문을 제기했는데, 이는 당연한 반응입니다. 환자는 '환자'로 족하고 의사도 '의사'로 충분하다고 합니다. 의사는 환자를 치료하는 프로니까 '의사 선생님'이라고 부를 수 있지만, 프로 쪽에서 몸을 굽혀 환자분이라고 부르는 것은 이상하다기보다 불쾌합니다.

환자가 스스로 할 수 없는 것을 의사에게 청하는 의료 현장에서는 반드시 의사가 우선입니다. 예를 들어 정치가가 총에 맞아 실려 왔다고 해도, 정치력에서는 환자 쪽이 프로일 수 있으나 병실에서는 외과 의사가 프로입니다. 그런 상황에서 호칭 문제는 인간에 대한 존경과는 전혀 무관한 일입니다.

남편은 곧잘 이런 말을 합니다.

"나는 초등학교 다닐 때 벌써 세 가지 일자리가 있었어."

어린 시절, 학교에서 돌아오는 길에 가방을 멘 채 콩가게, 목재상, 생선조림 가게 앞에 쪼그리고 앉아 콩을 삶는 작업과 나무를 대패질해서 얇게 만드는 작업을 유심히 보면서 "와, 진짜 굉장한 기술이다" 하고 감탄했으니, 어린 마음에도 장인의 기술에 대한 존경심이 있었다는 뜻이겠죠. 그러면 세 군데 가게의 주인들이 "얘야, 우리 가게에 와서 일을 배워보지 않으련?"하고 말했답니다. 그렇게 열의가 있으면 언제 어떤 시대에서든 일자리를 찾을 수 있겠죠. 지금은 기계가 작업을 대신하기 때문에 보고 싶어도 볼 수 없는 일들이 많아졌지만, 장인의 일에 대해서는 존경심을 잊지 말아야 합니다.

장기나 특기가 있다는 사람이 많이 있습니다. 그러나 프로와 아마추어의 노동에는 엄연한 차이가 있죠. 매일 10시간 이상 연습하는 피아니스트가 청중에게 들려주는 연주와 조금 치는 정도의 아마추어가 타인에게 들려주는 연주는 의미가 전혀 다릅니다. 한 분야의 프로로 아마추어 위에 선 사람들의 일에는 타고난 재능뿐만 아니라, 그렇게 되기까지의 노력과 인내의 양이 포함돼 있기 때문이죠.

# 도락은
# 취흥이기도
# 하다

　　　　도락은 취흥이라고 바꿔 말할 수 있습니다. 10년 전쯤에　미즈타니 야에코가 주연을 맡은 신파극, 이즈미 쿄카 원작의 〈다키노시라이토〉를 보러 갔습니다. 가난한 학생과 사랑에 빠진 여자 광대 다키노시라이토는 그 학생이 도쿄제국대학 법학부에서 공부할 수 있도록 금전적인 지원을 합니다. 그런데 그가 졸업하기 직전에 그만 사람을 죽이게 되죠. 사형 판결이 내려질 '가나자와 법정'에서 사랑하는 남자는 판사로서 말석에 앉아 있지만, 자신이

피고가 대준 돈으로 학업을 마쳤다는 것을 밝히지 않습니다. 출세에 방해가 되기 때문이죠. 수석 판사는 묻습니다.

"어째서 당신은 어릿광대 주제에 300엔이라는 거금을 남자에게 대주었나?"

그러자 미즈타니 야에코가 분한 시라이토는 이렇게 대답합니다.

"아까도 말했잖아요. 내가 좋아서, 취흥으로 한 일이라고요."

요컨대 그녀는 '내가 좋아서 한 일이니 괜한 잔소리는 하지 말라'는 뜻으로 그렇게 말했겠죠. 다키노시라이토는 자신을 보고 있는 눈앞의 남자에게 '나는 아내가 되고 싶은 마음은 없다. 광대 주제에 어떻게 그런 것을 바랄 수 있겠나. 내가 좋아서 그랬을 뿐'이라 말하고서 운명을 받아들입니다. 역시 도락이란 목숨을 걸어야 빛나는 법인가 봅니다.

나는 외간 남자를 만난 적이 없지만, 그 마음은 충분히 이해합니다. 앞뒤 가리지 않고 오직 사랑하는 상대에게 어리석을 정도로 몰입하는 그 심리. 진심을 다하면 여자가 따른다고 하지만, 그만큼 대상에 대한 지극정성이 없으면 안 되겠죠. 그것을 지극정성이라고 할지 도락이라고 할지는 둘째 치고, 사랑하는 이에게 무언가를 사주든 밥값을 내주든 반드시 자기 돈을 써야 합니다. 그리고 언젠가는 아내와의 충돌이 기다리고 있고, 사람들로부터 '그것 보라니까, 어리석은 사람 같으니'하고 손가락질 받게 될 것까지 각오하지 않으면 안 됩니다.

세상 사람들이 '저 사람은 훌륭한 일을 참 많이 했다'고 할 때, 나는 그 일들이 '도락'이나 '취흥'으로 이뤄지지 않았나 싶을 때가 많습니다. 사장의 노래 취미나 부잣집 딸의 피아노 연주회 따위는 물론 목숨을 걸고 하는 일이 아니지만, 정말 목숨을 걸고 하는 일은 사람들을 "와, 굉장하다"고 감탄하게 합니다. 굳이 떠벌리지도 않고 부끄러워하지도 않으며 몸과 마음을 다해 심취한 나머지, 그 일을 위해 목숨까지도 버릴 수 있다면 그것이야말로 취흥이며, 살아 있다는 증거가 아닐까요?

나는 지금도 '도락'이라는 단어가 길을 즐겁게 가는 것과 편하게 가는 것, 어느 쪽 의미일지 생각합니다. 그러나

편하기도 하고 즐겁기도 한 도락과 목숨을 거는 취흥과는
어딘가 비슷하면서도 다르게 느껴지는데, 취흥이야말로
인간을 살리는 것이 아닐까 합니다.

# 부화뇌동은
# 길을 막는다

　　요즘 젊은이들은 도락이나 취흥으로 빠질 용기가 전혀 없어서, 가능하면 다른 사람들과 비슷한 안정된 곳으로 가려는 경향이 강합니다. 해마다 앞으로 어떤 일자리가 유망한지 인기 기업 순위가 발표되곤 하는데, 나는 그런 자료를 볼 때마다 슬퍼집니다.

　한 예로 일본 우정국은 취직자리로서는 상위를 차지하는 인기 기업인데, 사외 이사의 한 사람인 내가 이런 말을 하기는 좀 껄끄럽지만, 왜 그곳에 취직하려고 하는지 그 이유를 모르겠습니다. 사람들이 글자를 쓰지 않게 된 시대이니, 우편 사업이 해마다 적자를 보고 있는 것은 당연한 일입니다. 우편 사업이 언제 막을 내리게 될지 아무도 말하지 않지만, 나는 이제 그만 폐업하는 게 좋겠다고 생각합니다.

회사 문을 닫는 것은 수치스러운 일도 아무것도 아닙니다. 모든 일에는 흐름이라는 게 있으니, 부채 가게든 벼루 가게든 가게 자체가 나빠서가 아니라 세상과 시대가 바뀌다 보니 문을 닫게 되는 것입니다. 인간이 태어나면 언젠가 죽는 것처럼, 사업에도 종말의 철학과 미학이 있습니다. 수백억 엔의 적자가 일부 간부들이 횡령을 한 것도 사원들이 게으름을 피워서 생긴 것도 아니니 수치라 할 수 없습니다. 누구에게 책임을 물어야 할 문제가 아니라, 사업으로서 운명을 받아들일 용기가 있느냐 없느냐의 문제입니다. 일본 항공의 전철을 밟기 전에 우편 사업에서 손을 떼고 물러나는 현명한 결단이 필요하다고 나는 생각합니다. 그런 현황을 숙지하고 있으면서도 일본 우정국을 선택하겠다는 젊은이는 대단하다 할 수 있겠죠.

자신의 노동을 사회 전체 안에서 인식하면서 일하는 것이 중요합니다. 모르는 척 외면할 때보다 분명하게 인식할 때, 인간은 더욱 즐겁게 일할 수 있기 때문이죠. 취직 빙하기라는 말이 어느 정도는 사실이지만, 부화뇌동형 사고방식이야말로 뿌리 깊은 문제입니다.

나는 오히려, 남들과 다른 짓을 하면 먹고살 수 있다고 생각하는 사람입니다. 대단한 근거가 있는 것은 아니지만, 모두 똑같은 곳을 향해 가다가 밟혀 죽을 수도 있으니 사람들이 잘 가지 않는 방향을 택하면 자신이 살길이 거기에 있지 않을까 하고 생각하는 것이죠.

부화뇌동하는 풍조는 사회의 온갖 분야에 팽배해 있고, 차별 언어는 그 상징이라고 생각합니다. 오십 대 말에 나는 신문에 《천상의 파랑》이라는 제목의 소설을 연재한 적이 있습니다. 연쇄 살인범을 주인공으로 한 소설이었는데, 칠십 대의 한 노인에게서 '신문이라는 공공 도구에 왜 악인을 그리는가?' 하는 내용의 투서를 받았습니다. 나이가 일흔이 되어서도 참 인생을 잘 모르는 노인이죠. 좋은 사람만 등장하는 소설, 재미없어서 과연 누가 읽을까요? 세상에는 아내를 속이고 다른 여자의 품으로 달려가는 남자도 있고, 사람을 죽이거나 사기를 치는 사람도 있습니다. 나쁜 사람의 나쁜 점에 대해 쓰는 것은, 어떤 시대든 삶에는 그런 사람이 있기 때문입니다. 정치적으로 압박하거나 인류 전체가 최면술에라도 걸렸다면 모를까, 선과 악은 빛과 그림자의 관계이니 어느 쪽이든 있는 것이 당연합니다. 악, 즉 그림자를 쓰지 않으면 선, 즉 빛도 표현할 수가 없죠. 그 점은 인상파의 그림이 잘 표현해주고 있습니다. 즉 선을 부각시키기 위해서도 악은 필요한 것입니다.

차별 언어의 자율적인 규제는 정말 이상합니다. 소설에 나쁜 인간을 그릴 수도 있으니 나쁜 언어도 사용할 수 있어야 하는 것은 당연한 일이죠. 사람 사는 세상에는 선도 악도 혼재하고 있는데, 나쁜 면을 인정하지 않으려는 do-gooder는 곤란하니까요. 나는 오히려 do-bader가 되고 싶습니다. 이런 영어, 없죠. 내가 만든 조어입니다. 그런데 이 경우 'd'를 하나만 써도 될까요? 두 개를 써야 맞지 않을까 싶은데, 혹시 아시는 분 있으면 가르쳐주세요.

모두들 착하고 좋은 사람이려 한다면 세상은 점차 밋밋

해지겠죠. 인간이란 선과 악 양면으로 이루어져 있고, 선의 요소가 없는 경우를 악마, 악의 요소가 없는 경우를 신이라고 한다면, 어느 쪽이든 인간이 감당할 만한 존재가 아닙니다.

매스컴의 보도가 점점 시시해지는 것도 어느 채널을 보나 기계로 찍어낸 비스킷처럼 똑같기 때문인데, 요즘은 시시한 수준을 넘어 거의 이해할 수 없을 정도입니다. 세상이나 인간에 대해 좀 더 제대로 생각하고 있다면, 선이 있으면 악이 있는 것도 당연하며 인간이 선과 악 사이를 오가는 존재라는 것도 충분히 알 수 있을 텐데 말이죠. 정치 자금이든 스모의 승부 조작 사건이든 무슨 일이 벌어질 때마다 흑백을 가리라고만 해서야 점점 더 유치해질 뿐입니다.

구미 사회에도 그런 경향이 다소 있는데, 아랍 사회는 비교적 그렇지 않습니다. 전에 《아랍의 격언》이라는 책을 엮으면서 절실하게 느낀 점인데요, 그들은 인간의 어중간한 면을 들어 거기에서 인간성을 발견하고 그 결과를 해학으로 표현하더군요. '남을 믿지 마라. 자신도 믿지 마라'

는 말처럼, 좋은 의미에서 인간의 선하고 악한 면을 양쪽 다 인정하고 있었습니다.

우리나라 사람 중에 '속을 알 수 없는 사람'이 좀 더 있어도 괜찮습니다. 또 '인간은 알 수 없는 존재'라고 생각해야 맞습니다. 그 사람이 좋은 사람인지 나쁜 사람인지, 구두쇠인지 씀씀이가 헤픈 사람인지 모르지만, 예를 들어서 '덮밥이 꼭 먹고 싶은데, 좀 사줘' 하면 사줄 수 있지만 '나는 좋은 사람이니까 덮밥을 사줘' 하면 나는 거절하겠습니다.

2011년 봄, 마다가스카르에 의사를 파견하기 위해 물자 수송 관리를 한 적이 있습니다. 보통 삼십 대가 맡는 역할이죠. 여든 살이나 된 사람이 할 수 있는 일은 아니지만, 그것과는 별개로 이 일의 기본은 '상대는 나쁜 사람'이라고 생각하는 것입니다. 그렇지 않고는 물자가 없어지지 않도록 신경 쓸 수가 없기 때문이죠.

예를 들어 비행기에서 짐을 옮겨 실을 때, 의료 기구 일부를 빠뜨리면 수술은 현실적으로 불가능합니다. 비행기를 갈아탈 때마다 모든 짐이 정확하게 빠짐없이 다 실렸는지 철저하게 확인하는 것은 상대가 좋은 사람이 아니라 나쁜 사람, 유능하지 못한 얼간이라고 가정할 필요가 있기 때문입니다.

나는 쉰 살에 처음 사하라 사막에 다녀온 후로 줄곧 그렇게 하고 있습니다. 짐이 무사히 도착하면 "앗싸!" 하고 만세를 부르다 웃음거리가 되곤 하는데, 아프리카에서 짐이 한두 개쯤 도착하지 않는 것은 흔한 일입니다. 차 한 대 빌려 움직일 때도 날씨의 변화는 물론, 가는 도중에 쿠데타 발생의 전조가 있으면 몇 군데에서 검문을 받아야 하는지 최악의 상황까지 예상해야 합니다.

요컨대 매사는 생각하기에 따르는 법, 나는 옛날부터 늘 나쁜 일만 상정하고 살아왔습니다. 그런데 그러다 보면 대개는 좋은 일도 생겨, 그걸 덤으로 생각하면 행복도 느낄 수 있습니다. 나쁜 경우만 상정하고 비관하는 것만도 행운을 기대하는 것만도 아닌, 그 양쪽이 모두 필요하다는 얘기입니다.

# 혼란이
# 인간을
# 키운다

　　　　정보의 홍수가 정신력이 약한 인간을 양산
하는 시대입니다. 아직 젊은데 밖으로 나가려 하지 않고,
취직한 지 얼마 되지도 않았는데 이직과 전업을 운운합니
다. 그런가 하면 경쟁 상대의 의견에 동조하려 하죠. 출판
계에서도 일이 힘든 주간지보다 문예지를 희망하는 편집
자가 많다고 들었는데요. 작가의 한 사람으로서 문예 편집
은 우아한 일도 아닌데 왜 짜증 나는 일이 좋다는 건지 의
문스럽습니다. 단적으로 말해서 혼란을 겪어야 얻을 수 있

는 내성, 강한 정신력으로부터 점점 멀어지고 싶은 것이라고 생각합니다.

동년배 사람들과 얘기를 나누다 보면 우리 세대는 '뚝심'이 있는 건가, 하는 생각이 듭니다. 돈이 없어도 살아갈 거라는 느낌이 들기 때문인데, 아프리카에서는 돈도 먹을 것도 없는 상황에서는 남에게 얻어먹거나 훔치는 수밖에 없습니다. 물론 도둑질은 좋지 않지만, 굶어 죽을 지경이라면 나는 어느 집 뒤뜰에서 말리고 있는 표고버섯이나 전갱이쯤 슬쩍해도 어쩔 수 없다고 생각합니다.

다른 방법은 체면 불고하고 구걸하는 것입니다. '거지'라고 쓰면 신문사와 출판사에서는 바로 삭제나 수정을 요청합니다. 그러나 먹느냐 못 먹느냐, 죽느냐 사느냐 하는 처지에 '한 푼 줍쇼' 하고 구걸하는 것인데 그런 행위를 차별이라고 하는 것은 현실을 외면하는 귀족 취미에 불과합니다. 전 세계 수많은 나라에서 거지는 엄연한 생업으로 존재합니다.

나는 도쿄 대공습 당시, 죽을 고비를 수도 없이 넘겼습니다. B29가 머리 위로 날아갈 때 그 소리에는 아주 특별한 울림이 있습니다. 실제로 우리 집 근처에도 폭격을 당해 일가족 모두 죽은 집도 있었습니다.

내일 아침에 내가 이 세상에 없을지도 모른다는 생각을 계속하다 보니 정신적으로 나약해져 '포탄 신경증'에 걸리고 말았죠. 전쟁터에서 병사들이 걸리는 셸 쇼크와 비슷한 증상으로, 밥이 넘어가지 않고 말도 나오지 않았습니다. 그러다 어떻게 나았는지는 기억나지 않는데, 어머니 말로는 일주일 정도 지나 저절로 나았다고 합니다.

당시에는 어린아이들도 10킬로그램이 넘는 짐을 메고 몇 킬로미터나 걷는 게 보통이었습니다. 공습이 있는 밤에는 불이 날까 무서워 몇 킬로미터를 걸은 적도 있었죠. 편히 누울 수 있는 땅이 있는 것만으로도 고마웠습니다. 널마루나 요가 있으면 천국이라고 생각했는데, 지금 사람들은 침대나 반듯한 이부자리가 아니면 잘 수 없다고 합니다. 여든 살 먹은 노인은 무슨 일이 벌어지더라도 어떻게든 대처할 수 있다고 하는데, 젊은 사람들은 그렇게 생각하는 것조차 두려워하는 듯합니다.

우리나라 사람들의 정신이 약해졌다는 말이 정설이 된

지 아주 오래되었습니다. 나는 무슨 인연인지 일본 재단 회장으로 10년 가까이 일했는데, 일본 재단의 설립자인 사사카와 료이치 씨가 회장이던 당시에는 모토스 호수에서 합숙을 하면서 직원들에게 조정 선수에 버금가는 훈련을 시켰다고 합니다. 겨울이면 영하로 떨어지는 추위 속에서 훈련받았던 세대 사람들은 일에 대한 철저함도 각별합니다.

비일상적인 환경에서 훈련하는 일은 해상보안청의 특수 구조대와 육상 자위대의 레이저 부대에도 있는 일인데, 그런 경험이 반드시 필요하다고 나는 생각합니다.

혼란과 곤경을 이겨낸 경험이 없으면 인간의 나약함은 늘 따라다닙니다. 위험 요소가 두려워서 아무런 체험도 시키지 않고 안전망 속에 가둬놓는 것은, 어떻게 보면 무척 가여운 일입니다.

전에 아프리카로 의사를 파견하려다 반대 의견에 부딪혀 무산된 적이 있었습니다. 반대하는 것은 상관없는데, 그 이유가 '만약 무슨 일이 일어나 의사와 환자가 죽으면 어떻게 할 것인가?' 하는 것이었습니다. 물론 가는 도중에 비행기가 추락할 가능성도 있기는 합니다.

"만일의 경우에 대비해 5천만이든 1억이든 보험을 들겠습니다."

"그래도 죽은 사람의 부인이나, 아니 부인은 이해한다 쳐도 그 자식이 고소를 하면 어떻게 합니까? 또 환자가 죽었다가 책임 추궁을 당하면 어떻게 합니까?"

아무리 대화를 나눠도 결말이 나지 않아 현지에 있는 수녀에게 그 상황을 전달하자 거의 이해할 수 없다는 반응을 보였습니다.

"책임을 추궁한다고요? 지금까지 그런 일은 단 한 번도 없었어요. 모두들, 열심히 우리를 도와주었다고 고맙다고 하죠. 시신을 하얀 천에 싸서 매장할 곳으로 보내면, 또 고맙다고 인사하면 인사했지……."

현실적인 문제로 어느 나라에서든 금전적인 보상을 요구하면 현지의 상식에 따라 보상하는 수밖에 없습니다. 현지 상황에 맞춰서 말이죠. 나는 최종적으로 이렇게 마무리 지었습니다.

"그쪽에서 고소를 하든 안 하든, 그건 그때 가서 생각하겠습니다."

학교 건물을 지으려면 3, 4천만 엔이 들지만, 의사 파견에는 비용이 좀 덜 듭니다. 내가 활동하고 있는 해외 선교자 활동 후원회는 상당한 자금을 보유하고 있습니다. 한 가지 사업 계획을 세우면 그 계획을 위해 모금을 시작하는 것이 아니라 이미 보유한 자금으로 확실하게 실현할 수 있는 사업을 진행하는 방식이기 때문이죠. 게다가 연간 7, 8천만 엔의 기부금을 받고 있으니, 반드시 사회적 약자들에게 도움이 되는 일을 해야만 합니다. 위험을 피하고 통장만 바라보고 있어서야 기부금을 보내주신 분들에게 면목이 서지 않죠.

내 몸에 아무런 위험이 닥치지 않으면 그만이라고 생각한다면, 아무 일도 하지 않는 것이 가장 좋고 아무것도 하지 않는 한 안전할 수 있습니다. 그러나 나는 어느 정도 위험을 감수해야 비로소 무언가를 얻을 수도 있다고 생각합니다. 물론 이런 생각을 다른 사람에게 강요할 마음은 조금도 없습니다. 그것은 삶의 방식의 문제이니까요. 다만, 모든 일에는 대가가 따른다는 것이 나의 기본적인 생각입니다.

만약 내가 다른 사람들보다 다소 재미난 인생을 보내고 있다면, 그것은 위험을 감수하는 덕입니다. 그것도 내 나름으로 생각해서 대처할 수 있었던 사소한 위험이었지, 세상의 시선으로 보면 별것 아니겠죠.

예를 들어 아프리카에서는 말라리아에 걸리지 않도록 세 끼를 꼭꼭 먹고, 밤에는 일찍 잡니다. 과식하면 그만큼 세균이 몸에 많이 들어가기 때문에 아프리카에 있을 때는 소식을 합니다. 일본으로 돌아오면 바로 마음껏 먹죠. 또 위산이 충분히 활동할 수 있도록 식전과 식후에 물을 많이 마시지 않습니다. 틈만 나면 쪽잠을 자면서 면역력이 떨어지지 않도록 조심합니다. 벼룩이 있는 호텔에서는 온몸이 가려워 밤에도 잠을 잘 수 없는데, 물리면 바로 항히스타민제를 먹습니다. 물집 때문에 잠을 자지 못하면 말라리아에 걸리기 쉽기 때문이죠.

문명의 혜택을 받고 있지만, 인간은 어차피 자신의 힘으로 살아갈 수밖에 없습니다. 시종 그런 생각만 하면서 살 수는 없겠지만, 원래 삶에는 위험과 성가심이 포함되어 있습니다. 나는 위험과 마주할 때마다 소중한 가르침을 얻었습니다. 그런데 요즘은 위험이든 불편함이든 피하려고만 하는 사람들이 많아졌습니다. 물론 그런 사람들이야 자신의 생각을 관철하면 되는 일이죠. 하지만 '호랑이를 잡으려면 호랑이 굴에 들어가야 한다'는 말이 있듯이, 대가를 치르지 않고는 이 세상을 재미있게 살아갈 수 없습니다. 이는 나의 체험을 통해 실감한 것입니다.

인생이란 참 재미있는 것이어서
자유롭기만 하면 뭐든 다 할 수
있냐하면 그렇지도 않습니다.

# #6

×××××××××××××××××××××××××××××××××××××××××××××××××

## 진정한
## 교양

교양은 다른 말로 하면 어쩌면
배짱이라고도 할 수 있습니다.
유머란 인간의 진실을 포착한 순간의
웃음입니다.

# 온건하게
# 본질을 얘기하는
# 사람들

1975년에 나는 중국과 국교 회복 후 첫 문
화사절단에 합류해 중국을 방문했습니다. 그전까지 중국
을 방문하는 외국의 시찰단이나 교류 단체는 거의 중국
정부의 감시하에 있었고, 중국에 대한 험담 따위는 생각도
할 수 없었죠. 일본 작가들도 여러 명 중국 정부의 초대로
그쪽에서 좋은 생활을 경험했던 것 같습니다. 그런데 그
작가들은 중국 공산당, 일당 독재 체제이며 인민의 자유를
지속적으로 억압하는 중국에 대해 아무것도 쓰지 않았습

니다. 내 경우, 일본 정부가 국비로 파견하는 것이라고 해서 참가하기로 했습니다. 이왕 신세 지는 거, 내 나라가 좋으니까요.

멤버는 중국문학자 요시카와 고지로 씨를 단장으로, 작가 이시카와 준 씨, 문예평론가 야마모토 겐키치 씨와 나카무라 미쓰오 씨, 사회 인류학자 나카네 치에 씨, 국제정치학자 에토 신키치 씨 등 내 눈에는 쟁쟁한 면면들뿐이었습니다.

버스를 타고 베이징 시내를 이동하는데, 이시카와 씨가 중국인 통역에게 느닷없이 이런 말을 했습니다.

"옛날에 이 주변에 유곽이 있었는데."

"아니요, 선생님. 지금의 중국에는 그런 것이⋯⋯."

당황하는 통역에게 이시카와 씨는 눈썹 하나 까딱하지 않고 다시 말했죠.

"뭘, 변두리에 가면 있을 텐데."

'변두리'라는 단어를 사용한 점이 인상적이었습니다. 그리고 그 동요하지 않는 자세에도 무척 감동을 받았죠.

그 후 일행은 인민대회당에서 당시의 실력자인 덩샤오

핑 씨와 회견하게 되었습니다. 그런데 출발 직전에 중국 여행을 독점적으로 진행, 관리했던 여행사로부터 송부된 팸플릿에는 '목하 중국은 혹독한 건국의 도정에 있으니, 우리 일본인도 검소하게 처신하도록……' 운운하는 내용이 있었습니다. 일본 국민인 내가 그런 사상적 지도를 받을 이유가 없다는 생각에, 그 자리에서 가방을 '자본주의' 냄새가 풀풀 나는 화려한 옷으로 채웠습니다. 내가 가진 옷이라야 별것 없었지만요.

인민대회당으로 초대받아 갈 때도 나는 일본 사람이니 수가 약간 놓인 기모노를 입고 갔는데, 일본 대사 부인이 무척 좋아했습니다.

"일본 사람이 인민대회당에서 비굴해질 필요는 없지요. 당신이 일본 사람으로는 처음 정장을 하고 왔네요."

회견에서 한쪽 귀가 좋지 않은 덩샤오핑 씨는 옆으로 몸을 약간 기울이고, 발치에 놓인 항아리에 수시로 가래를 뱉었습니다. "카악! 툇!" 하는 식으로 말이죠. 그런데 가래가 백발백중 항아리로 직행하는 터라, 나는 정말 감탄했습니다. 얘기는 제대로 듣고 있지 않고 말이죠. 야마모토 겐키치 씨가 이런 질문을 했습니다.

"중국에서는 아직도 〈백모녀白毛女〉를 공연한다고 하는데, 그건 왜입니까?"

〈백모녀〉는 중국 공산당을 찬미하는 가극으로 문화대혁명 당시 각지에서 상연되던 소위 선동 연극 같은 것입니다. 통역을 통해 덩샤오핑 씨는 "조사해보고 대답하죠" 하고 판에 박힌 대답을 했는데, 중국말을 잘 아는 요시카와 씨와 에토 씨가 웃음을 참으면서 이렇게 전해주더군요.

"아니, 아직도 그런 시시껄렁한 연극을 하고 있단 말인가, 랍니다."

나는 그 말을 듣고서 경솔하게도 덩샤오핑 씨의 팬이 될 뻔했습니다.

일본과 중국의 작가가 대화를 나누는 자리에서는 "자유롭게 질문해주십시오" 하는 말에 중국에 대해 별다른 지식이 없는 터라 이런 질문을 해보았습니다.

"(문화대혁명 때부터 시작된) 비공비림非孔非林 운동은 공자와 유교를 사상이나 문학으로 전면 부정하는 것인가요? 아니면 부분적으로 안 된다는 것인가요?"

그러자 중국 팬클럽 회장이 주위 사람들의 얼굴을 돌아보면서 대답했습니다.

"공자는 전부 부정하고 있습니다. 우리 중국 작가는 노동자, 농민, 병사들과 의논해서 노선을 결정하고 있습니다."

나도 모르게 그만 이렇게 대꾸하고 말았습니다.

"일본에서는 그런 것을 문학이라 하지 않고 선전문서라고 합니다만."

그랬더니 근시라서 잘 보이지 않았지만, 나를 험악한 표정으로 노려보는 것 같더군요.

회장은 또 이런 말도 했습니다.

"최근에 베이징 대학의 연못가에 있는 버드나무가 한들거리는 모습을 '병을 앓는 여자처럼'이라고 표현한 작가가 있었는데, 그런 퇴폐적인 표현은 좋지 않습니다."

나는 또 이렇게 반박했죠.

"작가의 심정을 나타낸 좋은 표현 아닌가요?"

그러자 더더욱 노려보는 것 같았습니다.

당시 중국의 전시용 건물이었던 인민공사에서 집 안팎

을 한 차례 견학했습니다. 동행한 농정 경제학 선생님은 웃으면서 말했습니다.

"소노 씨, 라디오가 있던데 틀어보지 않았죠."

기념품 가게에 데리고 갔을 때는 이렇게 말했고요.

"비취는 없더군요. 아마 정부에 내놓지 않고 자기 집 어딘가에 묻어뒀을 겁니다."

일본의 신문기자들도 베이징의 비위를 맞추려고 일본 험담 하나쯤은 서비스하던 시대였습니다. 그런데 들려주는 말이 중심인 공적인 자리에서 넌지시, 작은 목소리로 슬쩍 저항한 것이죠. 나 같은 사람은 일일이 화를 내는데, 실로 온건하게 본질을 꿰뚫는 법을 나는 이 선생님한테서 배웠습니다.

# 어제 일을
# 오늘의 눈으로
# 보지 않는다

얼마 전에 아가와 히로유키 씨가 이런 말을 했습니다.

"《구름의 묘표墓標》를 쓴 특공대원들은 인간성을 짓밟히면서도 명령에 따라 돌진했습니다. 그런 그들을 잊을 수가 없군요. 생각해보면 기분이 참 묘합니다. …… 어제의 일을 오늘의 눈으로 봐서는 안 되죠. 시대가 시대이니만큼 보통 일이 아니었습니다."(요미우리 신문 2011년 1월 11일 조간)

전쟁 당시, 젊은 사관들은 자신들이 나라를 구할 수 없다는 것을 알면서도 죽을 각오로 적진을 향해 돌진했습니다. 오늘날의 일본은 그들의 죽음 위에 있는 것이죠. 그 당시로 돌아간다 해도, 그때 일과 그때 사람들을 얼마나 진지하게 이해하고 배려할 수 있을까요? '배려'라는 것은 싸구려 동정심을 뜻하는 것이 아니라 영어로 하면 compassion, 즉 타인의 입장에 서서 생각하는 자세입니다. 그런데 그러기가 좀처럼 쉽지 않죠.

개인으로서 분명한 인식을 지니고 있는 사람이라야 그럴 수 있습니다. 개인을 잃어서도 안 되지만, 타인을 짓밟아서도 안 되는 것이죠.

전쟁 당시 징병을 거부하면 헌병에게 잡혀 마을 사람들에게 손가락질당하는 신세를 면할 수 없었습니다. 그렇다면 어떻게 할 것인가. 나 역시 당시 상황을 잘 모르지만, 가능하면 그런 지식까지 포함해서 자신의 반응을 생각해보고 싶습니다. 인간인 이상, 타협도 할 수 있고 배신도 할수 있습니다. 한편 자신의 목숨을 나라에 바칠 수도 있죠. 솔직히 말해서, 같은 상황에 놓인다면 나는 어떻게 행동할지 전혀 모르겠습니다. 아마 비겁한 행동을 하겠죠. 그것이 절대다수의 삶이니까요.

전쟁 중에는 실로 다양한 죽음이 있습니다.

오키나와 전투가 한창이던 1945년 6월, 제공권이나 군비 그리고 식량도 압도적으로 미군이 우세했습니다. 패전 직전의 일본군은 거의 풍비박산했고, 부상자는 동굴 속에 버려졌습니다. 운이 좋으면 마지막에 치사량의 모르핀이 제공되었지만, 치사량에는 개인차가 있고 또 모르핀은 오래되면 약효가 떨어지기 때문에 과연 죽을 수 있을지는 미지수였습니다. 죽은 사람도 있었지만, 한숨 푹 자고 눈을 떴더니 미군 병원에 누워 있더라는 사람도 있었습니다.

미군은 식량도 폭탄도 충분했기 때문에 여유가 만만했고, 일본군은 굶어 죽을 날을 기다리는 상황이었습니다. 당시에는 일반인도 수류탄을 소지하고 있었는데, 민간인이 수류탄을 달라고 하면 그건 틀림없는 자결용이었죠.

"안 됩니다. 절대 죽어서는 안 됩니다" 하고 거부한 병사도 있지만, 여자를 가여워하면서 자폭용 수류탄을 건넨 병사도 있었습니다.

무슨 일이 있어도 목숨을 부지해, 전후의 조국에서 살아

달라는 바람, '귀축영미鬼畜英美'에게 잡혀 능욕을 당하느니 제 손으로 목숨을 끊는 편이 낫다는 생각. 당시에는 '사랑의 형태'가 정말 극과 극을 오갔던 것이죠.

그러니 시대와 상황이 전혀 다른 현대 사람이 '군이 명령으로 죽음을 강요했다'고 비난하는 것은 무지한 일이고 또 '어제 일을 오늘의 눈으로 보는' 행위입니다.

또 한편, 이런 얘기도 있었습니다. 일본군은 늘 두 발의 수류탄을 소지하고 있었는데, 한 발은 자결용, 또 한 발은 적을 향해 던지는 최후의 일격을 위한 것이었습니다. 그 한 발로 전황을 뒤바꿀 수 있는 것은 아니지만 말이죠. 그런 것이 일본 사람의 기질이든지, 아니면 전쟁의 본질이겠죠. 그렇다 보니 미군은 백 퍼센트 승전을 점치는 분위기였음에도, 수풀 속에서 불쑥 날아와 자신의 발치에 떨어진 수류탄을 주워 던질 틈도 없이 당하고 말았습니다.

그런데 그 순간, 수류탄을 몸으로 덮쳐 죽은 미국 해병 대원이 몇 명 있었습니다. 열여덟, 열아홉 살에 불과한 어린 병사들이었죠. 전쟁에 이겨 이제 곧 고향의 집으로 돌아가려는 그때, 왜 그들은 터지려 수류탄에 몸을 던졌을까요? 취재 당시 나는 그 점을 두고 무척 고민했습니다.

그들의 순간적인 행동으로 동료 몇 명이 목숨을 구했습니다. 그러나 무엇이 그들로 하여금 1초도 안 되는 사이에 인생을 마감하도록 결심하게 한 것일까요? 부모, 학교, 교회, 어느 누구도 그들에게 '그런 상황이 오면 옆에 있는 타인을 구하기 위해 너 자신은 죽어라' 하고 가르치지 않았습니다.

그것이야말로 한 개인이 지닌 인간으로서의 신조겠죠. 발치로 굴러온 수류탄을 보면 나는 과연 어떻게 할 것인가. 동료가 다쳐도 상관없으니 아무튼 도망치려 할 것인가. 나 자신은 그럴 가능성이 아주 높지만, 그런 장면에서 인간이 보이는 행동을 생각해보는 것은 개개인에게 아주 중요한 일입니다.

최근에 분명한 신조를 지닌 일본인이 줄어들었습니다. 신조를 상식이라는 말로 바꿔 생각해보면, 고급한 것에서 저급한 것까지 그 형태가 아주 다양합니다. 그런데 전후 교육은 그들이 나라를 위해 죽은 것은 군부의 폭주에 가담한 것이며, 앞으로는 다른 사람을 위해 죽어서는 안 된다는 이기적인 사고를 심어주었습니다.

# 아나크로니즘의
# 두 가지 면

아나크로니즘이라는 말은 시대착오, 시대에 뒤처짐이라는 의미로 사용되는데, 원래 영어의 anachronism에는 역사에 대한 무지라는 뜻이 있습니다. 즉 한 사건이 발생했을 당시에 어떤 사회적, 심리적 상태가 사람들을 지배했는지 고려하지 않는 것이죠.

소설을 쓰다 보면 아나크로니즘에는 통시적인 면과 평면적인 면 두 가지가 있다는 것을 알게 됩니다.

'어느 나라가 언제 어느 나라를 침공했나, 어느 부대가 어떤 배를 타고 며칠 후에 어디로 향했나' 하는 사항은 통시적인 것입니다. '한 병사가 갑판에 누워 있는데, 상관이 심술을 부려 불편한 곳으로 옮겼다' 하는 사항은 평면적인 것입니다.

얼마 전 소설 잡지에 콩고의 키쿠위트라는 마을에서 발생한 에볼라 출혈열 얘기를 썼는데요. 현지 사람들을 취재하면서 환자의 상태 등 평면적인 것은 보고 들어 알 수 있었지만, 언제 몇 명이 발병해서 며칠 후에 CDC(미국 질병 예방 관리 센터)가 직원을 파견했고, 그들은 언제 병원균을 수집해서 돌아갔으며, 그 결과는 언제 나왔는지, 그런 통시적인 사항을 현지 사람들을 거의 모릅니다.

그 시대, 그 장소에 직접 있는 것이 얼마나 어려운 일인지요. 그렇다고 전체만 그려서야 소설이 되지 않습니다. 보고서나 역사적 사실의 기술이 될 뿐이죠. 현장의 중심에 있는 사람에게는 오히려 전체가 보이지 않습니다. 위에서 내려다보는 시선으로 사람을 재단하거나 자료를 고증하는 것은 역사학자가 할 일이지 소설가의 일이 아닙니다. 소설 속에서 체험하는 인생은 어떤 의미에서 아주 협소하고 편협하지만, 그런 만큼 자신의 시각으로 볼 필요가 있죠. 소설을 쓸 때는 그때 그 장소에 있었던 사람이 되려고 하지만 그게 쉽지 않은 일입니다.

히로시마 원폭 투하 사건만 해도, 당시 피폭자가 그 장소에서 겪었던 기억은 대개 이런 기술이 됩니다.

'밥을 지어놓지 않아 엄마에게 혼났다. 울면서 집에서 나와 늘 타는 버스를 놓쳤다. 아, 또 혼나겠네, 하는 생각을 하고 있는데 갑자기 번쩍하더니 주위가 환해지면서 쿵!'

히로시마의 중학교 1학년 한 반이 원폭 투하로부터 2주일 사이에 전멸하는 모습을 그린 《이시부미石碑》(히로시마 텔레비전 방영)라는 책이 있습니다. 폭발로 인한 피해 속에서 많은 아이들이 "엄마, 엄마" 하고 울부짖고, 그중에서 다소 침착한 아이가 "울면 체력이 빨리 떨어져", "강으로 뛰어들어" 하고 말을 건네지만, 끝내 그렇게 말한 아이도 반 아이들도 다 죽어가는……. 나는 읽을 때마다 귀중한 다큐멘터리라고 생각합니다.

당시 나는 중학교 2학년이었지만, 내가 직접 체험한 것은 아무것도 없습니다. '번쩍! 쾅!'의 전체상을 알려면 타인의 기록과 보고에 기댈 수밖에 없죠. 역사 속에서 벌어진 사건을 생각할 때, 아나크로니즘을 피하되 어떻게 상상력을 발휘해야 할지 늘 고민하고 있습니다.

# 교양이란
# 배짱

　　후지와라 마사히코 씨는 영국에서 연구 생활을 한 경험을 통해 영국 사람이 얼마나 집요하고 음험하게 상대방의 교양을 시험하는지 잘 알고 있습니다. 후지와라 씨에 따르면 영국의 정치가는 갖춰야 할 덕목이 우리와는 전혀 다르다더군요. 정계에서 활동하려면 실력도 허풍도 필요하지만, 정치력뿐만 아니라 교양이 없으면 절대 인정하지 않는답니다. 그 부분이 우리와 상당히 다르군요.

요즘 우리나라의 정치가는 국제회의 같은 자리에서 높은 평가를 받지 못하고 있습니다. 우리나라에서는 '좋은 사람'으로 통하지만, 그런 자리에 나가면 교양도 개성도 없는 사람으로 치부되는 경우가 많은 것이죠. 나는 옛날에 대학에 다닐 때, 영어를 구사하는 사람들 사이에서 교양이란 무엇인지 배웠습니다. 영문학의 주요 대목을 영어로 말할 수 있느냐, 그리스 신화에 대한 지식이 있느냐 등등이죠. 나는 그리 많은 교양을 쌓지 못했지만, 역시 필요할 때가 있을 겁니다.

　게다가 외국 사람에게 일본의 정치가는 얼굴이 비슷한데다 수시로 바뀌기 때문에 기억하기 쉽지 않을 겁니다. 수뇌 회담에서 상대의 얼굴을 보지 않고 종이만 쳐다봐서야 '외무대신'이나 '총리대신'의 옷을 걸치고 있는 것이나 다름없죠. 그 속에 누가 들어 있든 마찬가지입니다.

　나의 많지 않은 경험에 비추어, 다른 나라의 주요 인사가 이쪽의 존재를 기억하거나 그 실력을 인정하느냐 마느냐 하는 것은 아주 짧은 시간에, 워킹 디너나 커피 브레이크 또는 회의가 시작되기 전에 선 채로 나누는 짧은 대화

자신의 취향으로
자신을 단련한다

에서 결정된다고 생각합니다. 굳이 셰익스피어의 한 구절을 꺼내지 않더라도 적절한 타이밍에 적절한 말로, 국제회의가 열릴 때라면 관련된 상식을 포함해서 자기만의 표현을 할 수 있느냐 여부가 바로 교양입니다.

과거 한문 글귀를 읊거나 시를 암송할 수 있었던 것은 강제로 거듭 외운 덕에 순간적으로 입에서 튀어나왔기 때문입니다. 교육 현장에서 작문을 할 때, 생각하는 대로 쓰면 된다고 가르치는데, 역시 처음에는 문장의 기본부터 체득해야 하죠. 처음부터 틀에 끼워 맞춰서는 안 된다, 암기는 어리석은 짓이다, 하고 가르치는 것은 잘못입니다. 강제로 터득한 기본이 있어야 타인의 표현을 빌릴 수도 있고, 마침내 자신만의 표현을 해보고 싶다는 생각도 하게 되는 것이니까요.

그 방법에 표준 따위는 없지만, 자신만의 칼날과 자신만의 칼질로 때에 따라 인생을 요리해 보일 때 상대방은 경의를 표하지 않을 수 없습니다.

교양은 다른 말로 하면 어쩌면 배짱이라고도 할 수 있습니다. 타인이 어떻게 생각하든, 내가 나일 수 있는 강렬한 개성을 갖추고 중요한 점을 차분하게 말합니다. 배짱이 두둑한 한마디, 고금의 철학자들이 한 말, 진실을 표현하고 있지만 웃지 않을 수 없는 유머 등 언뜻언뜻 엿보이는 그 사람만의 교양과 매력은 분명히 있습니다. 그리고 그것은 타고난 성품과 후천적인 노력으로 얻은 것 두 가지 요소의 열매입니다.

국회에서 오가는 질의응답, 회사에서 오가는 의견 대립 등 분야와 성별을 막론하고 사회 전반적으로 개성과 유머가 사라지고 하찮은 이치만 따지는 세상이 되었습니다. 자신의 생각만을 목청을 돋우어 주장하는 것은 교양이 없는 게 아니라 촌스러운 행동입니다. 오늘날 촌뜨기라는 단어는 잘 사용하지 않지만, 촌스럽다는 것은 그 사람과 교류하기가 꺼려지는 태도입니다.

상대방의 무언가를 비판할 때, 입장을 바꾸어 자기 안에도 그런 요소가 있다는 것을 이해할 필요가 있습니다. 그것이 자신을 웃음거리로 만들 유머가 될 수도 있으니까요.

유머란 인간의 진실을 포착한 순간의 웃음입니다. 인간은 너무도 당연한 진실을 얘기하면 그만 웃게 됩니다. 그

전통이 하이쿠 등의 전통적인 시에 간신히 남아 있기는 하나, 최근에는 개그맨의 말도 안 되는 개그가 유머라고 오해하는 것이 현실입니다.

진실을 본다는 것은 우선 자신을 직시하는 것입니다. 유머는 자신을 직시할 때 나오는 것인데, 그러지 못하는 것은 유치함의 증거, 즉 진실을 꿰뚫는 힘도 없고 인간에 대한 일반적인 두려움과 공감이 없다는 증거입니다.

젊은 여성이 모델처럼 깡마르고 키가 크기를 바라는 것은 전혀 문제 되지 않습니다. 하지만 모델 같지 않다고 해서 자신감마저 잃을 이유는 없죠. 대체 어쩌란 말인지요. 가엾다고 해야 할까요, 아니면 예쁘다고 한마디 해줘야 할까요? 전에도 말했지만, 사람이란 원래 태어날 때부터 평등하지 않습니다. 다르기 때문에 의미가 있는 것인데 그 점을 알지 못하니 점점 더 매력 없는 평범한 인간이 되고 마는 것입니다.

우리나라는 자신감이 없는 젊은이들의 비율이 압도적으로 높다고 하는데, 있는 그대로의 자신을 인정하기 위해서는 긍정적인 면만이 아니라 부정적인 면도 인정해야 합니다. 있는 그대로의 자신을 얘기하는 것이 중요한데 그러지 못하는 것은 유령이 자신에 대해 얘기하지 못하는 것이나 다름없습니다.

있는 그대로의 자신을 얘기하는 것은 글쓰기 능력과도 관계 있습니다. 작문은 자신이 무엇을 어떻게 느꼈는지를 쓰는 훈련이므로 그 글을 읽은 타인이 어떻게 생각할까 하는 갈등과 충돌이 따릅니다. 그래서 칭찬을 받는 경우가 있는가 하면, 비판을 받거나 바보 취급을 당하는 경우도 생기는 것이죠. 그러나 타자他者를 통해 그 결과를 받아들임으로써 자신을 직시하는 담력도 단련할 수 있습니다. 작문 능력, 표현력이라는 것은 일종의 무기입니다. 무술과 마찬가지라고 할 수 있죠. 그 점을 제대로 가르치지 않는 교육, 가르치지 못하는 선생들, 참 곤란한 문제입니다.

자신이 미인이 아니라고 해서 비관할 필요는 없습니다. 언젠가 지인이 이런 재미있는 말을 하더군요.

"아내는 못난 여자가 최고죠. 밖에 나가면 온통 미인들이니, 그래야 재미있지 않겠습니까?"

이 말에는 유머와 친절함과 다소 냉철한 시선이 담겨 있습니다. 그러나 미인 아내가 옆에 있어 언제나 집을 지키고 있는 것보다는, 아내가 미인은 아니지만 명랑하고 집안일 잘 하고 현명하다면 그야말로 '대박'이죠. 가정이 행복할 겁니다. 이는 한 예에 지나지 않지만, 역시 세상은 겉으로 드러난 한 가지를 보고 비관하거나 낙관할 수 없는 일들이 많습니다.

인간의 생각으로 도저히 미치지 못 하는 일, 하느님과 부처님 어느 쪽의 처사인지 모르겠으나 운명이란 상당히 심술궂다고 생각됩니다. 좋게 생각할 수 있는 일이든, 그렇지 않은 일이든 그 이면에는 정말 다양한 스토리가 펼쳐집니다. 상상의 힘이란 바로 그것을 자기 나름대로 생각해보는 것이죠. '이면이 있다'고 하면 나쁘게 받아들이는 경향이 있는데, 이면이 있는 편이 훨씬 재미납니다. 양복이나 재킷은 질이 좋고 고급스러운 것이 속감이 있어서 팔도 잘 들어가는데 비해, 홑겹짜리는 아무래도 잘 걸리고 입어도 편치 않은 것처럼, 사람이나 일에도 이면이 있는 편이 좋습니다.

사람으로 살아가는 이상, 자신에게 겉과 속이 있다는 것을 자각할 필요가 있다는 얘기입니다. 그리고 겉과 속이 있다는 것을 인정하는 것이 뜻밖에도 '사랑'입니다.

사랑이라고 하면 보통 달콤한 것을 떠올리는데, 기독교가 가르치는 사랑은 전혀 다른 것입니다. 성경에 나오는 사랑에는 두 가지 원어가 있는데 한 가지는 '필리아$_{philia}$'로 사람 각자의 싫고 좋은 감정의 결과, 좋다고 생각하는 것을 말합니다. 여담인데 필립스라는 이름은 '필리아'와 '히포스(말)'를 연결한 것으로 horse-lover, 즉 말을 좋아하는 사람이라는 뜻입니다.

그러나 성경에서 말하는 진짜 사랑은 결코 감정적으로 좋아하는 것이 아닙니다. 성경에서 사용하는 사랑의 다른 말은 '아가페$_{agape}$'로 '네 원수를 사랑하라'고 할 때의 사랑입니다. 그러니까 감정적으로는 미워하지만, 이성적으로 사랑할 때와 같은 행동을 취하는 것을 말합니다. 즉 의지의 힘으로, 겉과 속이 있는 인간으로서 원수를 사랑하라는 뜻이죠.

예를 들어, 전쟁터에서 적군이 거의 숨이 끊어져 가는 상태로 쓰러져 있다면 총을 쏴서 숨통을 끊는 것이 아니라 적십자에 인도해서 부상병 포로로 수용될 수 있게 합니다. 그것은 미워하는 감정을 넘어 이성으로 사랑하는 행위입니다. 그 비통한 선택만이 진정한 사랑이라는 것이죠. 전쟁터에서는 적일지라도, 고향에는 처자도 있고 무사 귀환을 기다리는 어머니도 있는 한 인간입니다. 그렇기에 감정을 누르고 이성으로 그를 살려 돌려보내자고 생각합니다. 일본식으로 말하면 측은함을 품는 것, 그것이야말로 진정한 사랑이라고 가르치고 있습니다.

우리는 마음은 그렇지 않아도 이성으로 적을 사랑하라고까지는 가르치지 않습니다. 그저 모두 착한 아이들이니까 사이좋게 지내라고만 가르치죠. 그러나 현실에는 착한 아이만 있는 게 아니죠. 그런 가르침에는 어른이 충분히 생각할 수 있는 복잡한 감정과 이성, 인간으로서 최종적인 판단 등이 빠져 있기 때문에 공감을 얻지 못하는 것입니다.

감정이 이끄는 대로 사랑하는 맹목적인 사랑, 평면적이고 편협한 사랑은 어른의 사랑이 아닙니다. 가부키 중에서 나는 〈간진초勸進帳〉를 무척 좋아합니다. 요리토모의 추적을 피해 도망치는 요시쓰네와 벤케이가 아타카 검문소에서 발이 묶이는데, 벤케이는 주군의 목숨을 구하려고 수도승 차림을 하고 일부러 요시쓰네를 때립니다. 사정을 알게 된 문지기가 검문소를 통과하게 하는 '수도승 문답' 장면에는 겉과 속을 모두 가진 인간이기에 품을 수 있는 적에 대한 사랑이 있습니다. 그 사랑이 오늘날에도 국적을 불문하고 사람의 마음을 울리는 것이죠. 〈간진초〉는 베를린 장벽의 슬픔과도 통한다 할 수 있습니다.

마찬가지로 뮤지컬 영화 〈사운드 오브 뮤직〉은 나치에 굴복하느니 지위도 재산도 버리고 인간으로 사는 길을 택한 남자와 그의 가족이 국경을 넘는 스토리입니다. 권력이 지시하는 대로 망명자를 체포하려는 자가 있는가 하면 위험을 무릅쓰면서까지 어떻게든 탈출을 도우려는 사람도 있습니다. 그리고 마침내 추적을 피해 "스위스!" 하고 외치게 되죠. 클라이맥스에 이르기까지 인간의 겉과 속을 모두 아우르는 훌륭한 스토리이기에 지금까지도 전 세계 사람들에게 사랑받는 명작인 겁니다.

# 세상의
# 속사정을
# 안다

　　나는 곧잘 "차린 건 없지만, 그래도 먹으러
와요" 하면서 지인을 집으로 부릅니다. 어머니 시대에는
연어 자반 따위를 손님에게 대접할 수는 없다, 비프스테
이크 정도는 있어야 손님을 부를 수 있다는 분위기가 있
었지만, 나는 정어리 꼬치구이와 무말랭이 조림, 된장국에
장아찌만 있어도 친구를 불러대니, 정말 차린 건 없지만
그래도 먹으러 오라는 심정으로 말을 건네는 것입니다.
　최근에는 평범한 가정에서도 식탁의 의미와 그 무게가

사라진 것 같습니다. 아버지는 야근으로 늦고 아이는 학원에 다니느라 늦게 들어오니, 한 가족이 모여 앉아 식사할 수 있는 시간을 맞추기가 어려워진 탓이죠. 게다가 아파트 생활이 보편화된 것도 타인을 집으로 부르지 않게 된 요인 중 하나라고 생각합니다.

전자레인지가 처음 세상에 선을 보였을 때, '어떤 요리든 찡 세 번이면 오케이' 하는 광고가 있었는데, 지금은 그마저 그리워질 정도입니다. 얼마 전까지만 해도 체면을 생각해서 사온 반찬을 접시에 옮겨 담아 식탁에 올렸는데, 지금은 플라스틱 용기에 담긴 그대로 식탁에 늘어놓고는 다 먹으면 쓰레기만 버리는 광경이 흔해졌습니다.

나는 어렸을 때 학교에서 외국인 수녀로부터 테이블 매너를 엄격하게 배웠습니다. 수프는 소리 나게 먹으면 안 된다, 접시를 들면 안 된다, 손목까지는 테이블에 올려도 되지만 팔꿈치까지 올려놓거나 턱을 괴고 먹으면 안 된다 등등. 그게 답답해서 지금은 일부러 팔꿈치까지 올려놓고 라면을 먹기도 합니다. 물론 혼자일 때죠.

다소 공식적인 자리에서는 양옆에 모르는 사람이 앉을

수도 있는데, 소개를 받았다 해도 어떤 사람인지 전혀 알수 없는 경우도 있습니다. 어쩌다 외국인이 앉았을 때는 말없이 먹으면 예의에 어긋납니다. 반드시 적당한 대화를 하면서 식사해야 하니 피곤할 때도 있습니다. 외국어를 잘하는 사람이라도 외국 말로 얘기하면서 밥을 먹는 것은 사실 고통스러운 일이니까요.

그런데도 양옆에 있는 사람과 대화를 나누면서 식사하는 것이 교양의 정도를 나타내니, 여러 가지로 방법을 모색합니다. 우선은 질문하는 게 좋죠.

"리만 쇼크의 원인은 무엇이었나요? 나는 소설가라서 잘 모르는 터라……."

그렇게 질문으로 말을 꺼내면 옆자리의 은행 관계자는 친절하게도 장황하게 설명해줍니다. 절반도 알아듣지 못하는 나는 "지금 한 말은 어떤 의미로 사용된 건가요?" 하면서 대화를 이어 시간을 법니다.

동물 사회에서는 신경 쓸 필요가 없는 일이지만, 인간 사회에서는 신경을 쓰는 것이 곧 사는 일이죠. 특히 서양의 테이블 매너는 가식적인 부분이 많습니다. 양옆에 여자가 앉아 있는데 한쪽은 젊은 미녀이고 다른 한쪽은 아줌마라도, 속으로는 한쪽에만 신경을 쓰고 싶겠지만 고루 말을 건네야 합니다. 젊은 미녀만이 아니라 노약자도 똑같이 대화를 나누며 그 자리의 분위기를 살려야 하니, 역시 종합적인 인간성이 필요합니다. 미인이 아니라도 '대화 미인'은 가능하니까요.

피부 미용이나 노화 방지에 열심인 부인들이 많습니다. 하지만 제아무리 피부 손질에 공을 들여도 나이를 먹지 않을 수는 없으니 겉으로 보이는 젊음은 어차피 유지하기가 힘들어집니다. 아흔 살이 되었는데도 서른 살처럼 보인다면 오히려 징그러울 것 같군요. 중년이 넘었는데 살림도 테이블 매너도 커뮤니케이션도 엉망이라면 젊음을 대신할 만한 것을 전혀 준비하지 않은 셈이죠. 책을 한 달에 한 권도 읽지 않는다면 머지않아 머저리 같은 노인이 될 게 뻔합니다. 박식해지라는 뜻이 아니라, 다만 먹고사는 일에만 치중하고 영혼에 영양을 주지 않아서는 안 된다는 뜻이죠. 내가 간혹 보는 텔레비전 프로그램에 집안일을 잘못하는 아내를 교육하는 기획물이 있는데, 처음에는 뒤죽박죽 엉망진창인 집에서 남편이 "글쎄요, 얼마나 좋아질까요?" 하며 한숨을 쉬는 장면이 나옵니다. 그러면 선생님이 아내에게 조언을 하면서 효율적으로 정리를 시키고 마지막에는 홈 파티를 여는 수준까지 끌고 갑니다. 어떻게 보면 동물이 단계를 밟아 인간으로 되는 과정을 기록한 것이라 할 수 있죠.

손님을 집으로 초대하는 것은 물론 쉽지 않은 일입니다. 어떤 음식을 준비해 어떤 그릇에 담고, 방은 어떻게 장식해서 어떤 분위기로 만들지, 본격적으로 하려면 품이 많이 듭니다. 그럼에도 한때 식사를 함께하면서 가공의 세계 속에서 이웃과 교류하는 것은 큰 의미가 있습니다. 의식적으로 장소를 마련하고, 아는 것 모르는 것 다 상대에게 털어놓는 가운데 '아, 이 사람은 그런 데 관심이 있구나' 하는 발견이 있기 때문이죠. 모르는 것을 알게 되는 것이 교양의 출발이니, '모른다'고 말하는 것은 무척 편리한 일입니다. 나는 어쩌면 타인에게 질문하는 것으로 인생의 시간을 벌어왔다고 할 수 있을 정도입니다.

교양의 본질은 옛날 고등학교 때처럼 많은 책을 읽고 토론하는 것만도, 예술이나 고전에 대한 지식을 쌓는 것만도 아닙니다. 교양의 본질은 인간 생활의 종합인 세상을 이해하고 사람의 깊은 속마음을 아는 것이라고 생각합니다. 속마음이란 인간의 온갖 가식과 허영을 거둬낸 후에 남는, 어떤 의미에서는 인간의 지혜라고 할 수 있죠.

내가 어렸을 때, 가끔씩 집 안 곳곳을 수리해주러 오던 목수가 있었습니다. 그가 일을 끝내면 어머니는 시원한 술을 차려놓고 "이리 와서 한잔하세요" 하며 쉬다 가라고 했죠. 하지만 그 목수는 늘 '여기가 좋다'면서 현관 마루에 걸터앉고는 더 이상 안으로 들어오지 않았습니다. 나는 그때를 기다렸다가 목수 앞에 앉아 얘기를 듣곤 했는데, 다섯 살 난 꼬맹이다 보니 얘기 상대가 될 수 없었겠죠. 하지만 목수 아저씨는 절반은 놀리면서도 내 얘기에 귀를 기울였습니다. 목수 아저씨가 시원한 술 한잔 마시는 그 짧은 시간을 나는 무척 좋아했습니다.

산케이 신문에서 나를 담당하던 기자가 얼마 전에 운명을 달리했습니다. 고인의 아들 말에 따르면 그 기자는 젊은 시절에 툭하면 동료 신문기자를 집에 데리고 와 밤늦

게까지 술을 마시면서 다양한 얘기를 나눴다고 합니다. 좁은 방에서 이리저리 엉켜 자는 일도 다반사였다니 갑작스럽게 찾아온 손님에게 술과 음식을 대접하느라 부인이 참 힘들었겠죠. 하지만 어린 시절의 그는 다른 아저씨가 놀아주고, 엄청난 독서가인 아버지가 하는 온갖 얘기를 옆에서 듣는 시간이 정말 즐거웠다고 합니다.

매우 인상적이라는 느낌은 들고 있었지만, 세상을 뜨기 전까지는 그런 면이 있는 줄은 전혀 몰랐습니다. 자신의 집에서든 술집에서든, 일 때문에 필요해서도 아니고 상대의 마음에 들기 위해서도 아닌, 연장자가 아랫사람에게 상사가 부하에게 해주는 그런 얘기, 일에 관계된 것뿐만 아니라 세상의 속사정을 전하는 것은 인간 사회에 아주 중요한 일입니다.

과거에는 학자나 선생이 아니더라도 무슨 일이 있을 때마다 세상에 대해 가르쳐주는 사람이 있었습니다. 그런데 요즘은 어른이 젊은이에게 베풀지 않는 세상이 되었습니다. 어른은 사실 한껏 더 베풀어야 합니다.

상대방의 무언가를 비판할 때,
입장을 바꾸어 자기 안에도
그런 요소가 있다는 것을
이해할 필요가 있습니다.

# #7

×××××××××××××××××××××××××××××××××××××××××

## 노, 병, 사를
## 생각한다

인간으로 태어나 살다 늙으면

죽는 것은 어느시대에나

동일한 진리입니다.

# 무슨 일이든
# 생산적으로

　　며칠 전 텔레비전에서, 도공ㄲㅗ의 제자로
들어간 젊은 여자의 생활을 보았습니다. 여자의 나이와 도
공이 되기를 희망하는 사람이 얼마나 있는지 자세한 내용
은 잊었지만, 후계자가 거의 없는 공방에서 녹슨 칼을 건
네며 녹을 없애라고 하는 장면이 그려져 있었습니다.

　　그 다큐멘터리를 시청하다 보니, 나도 저기 가서 허드렛
일이나마 해보고 싶다는 생각이 들더군요. 역시 처음에는
밑바닥부터 배워야 하니까, 앞으로 남은 인생이 기껏해야

5년이나 10년이라면, 칼을 가는 수준까지는 이를 수 없겠죠. 그래도 양동이 물은 갈 수 있을 테고, 녹을 떨어내거나 일의 순서를 익히는 정도라도 괜찮으니 허락을 얻을 수 있다면 정말 가서 일해보고 싶었습니다.

나는 어렸을 때부터 아무것도 생산하지 못하는 상태를 싫어했습니다. 그래서 지금도 공터를 일구어 채소 씨를 뿌리고, 망가진 도구는 버리고 새로 사는 것이 아니라 고치고 덧대어 사용하는 것을 좋아합니다.

요리도 마찬가지, 재료를 다 갖추고 맛있는 것을 만들려하기보다 있는 재료를 활용하는 쪽을 즐깁니다. 이제는 남편과 단둘인 때가 많은데, 오늘 저녁은 스키야키를 먹자하고 재료를 사들이는 것이 아니라, 토막토막 남은 고기와 있는 재료를 활용해 스키야키 비슷한 것으로 만들어냅니다. 그러니까 가난한 것은 아니어도 가난이 몸에 배어 있고, 알뜰함과 취미가 일치하니 일거양득이라고 할 수 있죠.

도공은 힘들어도, 시간이 좀 더 있다면 도자기 손질하는법을 배우고 싶습니다. 금 간 곳이나 깨진 곳을 손질하는기술을 배워, 우리 집에 있는 금 가고 깨진 도자기를 손질하는 것이죠. 그리고 아는 사람들의 창고에서 자고 있는 이 빠진 질그릇 등을 고쳐주는 일도요. 도자기 그릇을 만드는 재능은 없어도, 깨지고 떨어져 나간 부분을 고치는 정도는 기쁜 마음으로 할 수 있지 않을까 생각합니다. 심한 근시라서 바느질도 할 수 없는 탓에 양재를 배우고 싶었던 기억이 있습니다.

나는 나이를 먹고 나니 낙이 없어졌다는 얘기를 들으면 참 이상하게 느껴집니다. 남자라면 요리 학원에 가서 예쁜 중년 부인들 사이에서 요리를 배우며 가끔은 어울려 차를 마셔도 괜찮겠지요.

요즘은 젊은이들이 아니라 노인들이 아침부터 게임센터에서 게임에 열중한다고 하는데, 노인들이 그런 곳에 모여드는 감각은 도무지 이해할 수 없습니다. 그렇다고 유행하는 컴퓨터 사용법을 배우라고 권할 생각도 없지만, 아무리 나이를 먹어도 인간에게 호기심은 중요한 것입니다. 사소한 일이든 뭐든, 사람은 마지막 순간까지 생산적인 편이 마음의 건강에도 좋지 않을까요?

교도소를 방문하면 죄수복을 입은 초로의 사람들이 딱

히 하는 일 없이 볕 좋은 곳에 모여 앉아 이야기하는 광경을 만나게 됩니다. 또 그들은 무슨 재미나는 일이라도 되는 것처럼 드나드는 우리를 바라보죠. 그들 중에는 출소해도 갈 곳이 없는 터라 또 나쁜 짓을 해서 돌아온, 노후를 교도소에서 보내기로 작정한 사람들도 있다고 합니다. 세 끼 식사 딸린 노인 클럽 같은 교도소에 막대한 세금을 쏟아 붓느니, 센카쿠 제도로 식량과 같이 이주시키면 좋겠다는 생각도 듭니다. 그러면 나라를 위해 조금은 도움이 될지도 모르죠. 나라면 그렇게 할 겁니다.

# 삶의
# 긴장감

전에 부러진 다리뼈를 잇느라 집어넣은 금속을 다시 빼는 수술을 받았을 때, 25센티미터의 금속을 꺼내기 위해 다리 부위를 25센티미터 정도 절개했습니다. 딱히 큰 수술은 아니라고 생각했는데, 수술이 끝나고 혼자 병실로 실려 가자 주위 사람들이 "어머, 가족은 아무도 안 계세요?" 하는 질문을 몇 번이나 하더군요. 나로서는 다리에 넣은 쇠못을 빼는 정도의 수술이었고, 애당초 병원이란 장소는 물질적인 설비와 인적 자원을 갖추고 있는 곳이라

담당 간호사가 하나에서 열까지 다 해주니, 간병은 필요 없었습니다.

간호사의 도움으로 침대로 몸을 옮긴 후 나는 지금의 내게 뭐가 필요한가, 하고 생각했습니다. 비상벨, 쓰레기봉투, 마실 물이 담긴 조그만 페트병, 화장지를 내 손이 닿는 곳에 놓고서, 전기 사용법을 확인하고 읽고 싶은 책을 머리맡에 놓았습니다. 그 정도를 갖춘 후부터 병실에서의 자립이 시작되었습니다. 입원을 했다지만, 어떻게든 스스로 하려는 긴장감은 의무이겠지요. 실수를 하더라도 비상벨을 누르고 "죄송합니다만⋯⋯" 하고 얘기하면 됩니다.

고령자가 뼈가 부러져 입원하면 치매에 걸린다는 말을 흔히 듣는데, 가장 큰 이유는 병원에 모든 것을 맡기기 때문이라고 생각합니다. 스스로 움직이지 않고, 침대 바로 옆에 있는 변기와 간호사와 가족의 간병에 모든 것을 의지하다 못해 스스로 생각하는 것까지 유보하고 맙니다.

하지만 뼈가 부러진 그 순간부터 어떻게 대처할지를 생각하고, 자신에게 지시를 내리고 또 움직이는 정도는 사실 충분히 할 수 있습니다. 그렇게 의사는 골절이라는 증상과 싸우고, 환자는 자신의 치매 가능성과 싸우는 각자의 임무가 시작되는 것이죠.

인간은 어떤 상황에 놓이더라도, 서너 시간 혹은 열두 시간, 스물네 시간 단위로 목표를 세워야 합니다. 예를 들어 저녁에 먹을 반찬을 생각하고, 식사 후 뒷정리와 설거지를 마치기까지 서너 시간, 저녁을 먹고 목욕을 하고 잠자리에 든 후 다음 날 아침까지의 열두 시간, 하는 식으로 말이죠. 그러나 병원은 다음 날 아침까지의 개인적인 목표를 세워주지 않습니다. 환자는 신체적인 상황이 일시적으로 바뀌었을 뿐 인간인 것은 마찬가지인데, 입원을 특별한 일로 여기고 평소대로 목표를 세우던 습관을 방기하는 순간 노인은 치매에 걸리는지도 모르겠습니다.

인간은 몇 살이 되었든 긴장감과 위기감이 필요합니다. 전쟁 특파원처럼 투숙하고 있던 호텔이 포격을 당한다거나 취재 중에 총탄에 맞아 쓰러지는 그런 특별한 위기는 물론 아니더라도, 긴장감과 위기감 없이는 이 세상을 살아갈 수 없습니다.

# 죽음을
# 직시한다

　　스무 해 전쯤 눈을 앓았을 때, 당시 살아 계시던 천문학자 오다 미노루 씨에게 이런 말을 들었습니다.

　　"소노 씨는 이제 동물로 살 자격이 없어졌군요. 시력을 잃으면 먹잇감을 잡을 수 없으니, 사자든 호랑이든 죽을 수밖에 없으니 말입니다."

　　그때 나는 '참 옳은 말을 하네, 이 사람' 하고 생각했습니다. 그런데 그 얼마 후, 오다 선생님은 나를 위로해주려고 스테이크를 사주었습니다. 그때야 선생님이 이가 약해서

틀니를 하고 있다는 것을 알았죠. 나는 왠지 기뻐서 이렇게 말했습니다.

"오다 선생님이야말로 오래 살지 못하겠네요. 나는 산 먹이가 없으면 죽은 고기를 먹으면 되는데, 이가 없으면 아예 먹을 수가 없으니 죽을 수밖에 없잖아요."

당시 나는 눈앞이 거의 보이지 않아 손으로 더듬어 추측하는 실명이나 다름없는 상태였는데, 둘이서 있는 그대로의 사실을 얘기하면서 실로 기분 좋게 웃었습니다. 불행하다고 여겨지는 때에도 괜히 서로를 위로하거나 과보호하지 않고, 동물로 치면 살 능력이 없어진 것이라는 진실을 분명하게 얘기할 수 있었던 것이죠. 그러나 인간은 사회와 가족의 도움으로도 훌륭하게 살아갈 수 있으니, 참 대단합니다. 덕분에 겸허해질 수 있었고, 그 후 시력을 회복했을 때는 그동안 나를 도와주신 분들에게 보답하는 뜻에서라도 평상시처럼 일해야겠다고 생각했습니다. 인간은 그렇게 인생에 대처하는 방법, 행복을 받아들이는 방법을 체득해야 할 필요가 있습니다.

지금은 나이를 먹거나 병에 걸려 입으로 음식을 먹을 수

자신의 취향으로
자신을 단련한다

없게 되면, 당연하다는 듯이 위에 구멍을 뚫어 영양분을 공급합니다. 하지만 먹지 않으면 죽는 것이 인간의 자연스러운 죽음이니, 그렇게까지 하면서 먹일 필요는 없지 않을까요?

위에 구멍을 뚫는 것 외에도 생명을 연장하는 의료 기술은 다양합니다. 그러나 본인이 정말 원하는지, 평소에 자신의 희망 사항을 기록해두면 좋겠죠. 여든 살이 넘었는데 아직 치매에 걸리지 않은 환자가 입원하면 설문지에 연명조치를 희망하는지 본인이 직접 쓰게 하면 좋지 않을까 하는 생각마저 듭니다. 나 자신은 그렇게 해도 괜찮고, 변경하고 싶으면 나중에 재신청할 수 있도록 하면 되는 일이지요.

앞으로 언젠가는 우리나라에서도 안락사가 합법인지 아닌지를 토론하게 될 날이 올 것입니다. 스위스에서는 이미 합법적으로 인정하는 조직이 있어, 안락사를 희망하는 사람이 국경 근처에서 기다리고 있으면, 차가 와서 두 시간 정도에 조치를 끝내고 돌려보낸다고 합니다. 그런데 그 얘기를 들었을 때 기분이 썩 좋지 않았던 것은 조직적으로 안락사 처치를 하기 전에 무언가 해야 할 일이 있지 않을까 하는 위화감 때문이었습니다.

옛날에는 나이 든 사람이 죽음이 임박하면 곡기를 끊었고, 가족은 그 상황을 자연스럽게 받아들였습니다. 예를 들면 이런 식이었죠. 자리보전을 하고 있는 할머니가 점차 입맛을 잃어가다가, 마지막에 수박을 먹고 싶다 해서 가족이 사방을 찾아다니며 수박을 사와 머리맡에 놔두었는데도 먹으려 하지 않아, 그대로 놔둡니다. 밤이 되자 "좋아하는 매실장아찌 죽이라면 드실 수 있을지도" 하는 며느리의 체면을 봐서 한두 입 먹고는 "나이가 들어서 그런지 오늘은 아무것도 들어가지 않는구나" 하는 대화를 나누다가, 그대로 숨이 꺼집니다.

나 자신 집에서 부모님(우리 어머니와 남편의 부모님)을 임종한 경험이 있는데, 과거 피를 나눈 가족과 며느리에게 감사하면서 세상을 떠나는 일에는 인간답고 전통적인 죽음의 문화가 짙게 남아 있었습니다. 그러나 요즘은 본인이 집에서 죽기를 원해도, 실제로는 80퍼센트 이상이 병원에서 숨을 거둡니다. 죽음을 보기 힘든 사회가 된 것이죠. 가족 모두 함께 조부모가 숨을 거두는 모습을 지켜보는 것은 자연스러운 일입니다. 개나 고양이라도 상관없으니까, 어렸을 때부터 그런 모습을 보면서 죽음을 배워가야 합니다.

어린 시절 할머니의 불단에는 지옥 극락을 그린 그림이 놓여 있어, 나는 그림을 설명해 달라고 부모님을 조르곤 했습니다. 그러면 어른들은 "거짓말을 하면 염라대왕이 혀를 뽑아간대", "나쁜 짓을 하면 불지옥에 떨어진대" 하고 겁을 주었지만, 그것은 이 세상을 어떻게 살아가야 하는지, 토속적인 윤리관을 가르친 것이었지요. 또 성묘를 갈 때마다 '사람은 언젠가는 죽어 땅에 묻힌다'는 것을 배웠습니다.

인간으로 태어나 살다 늙으면 죽는 것은 어느 시대에나 동일한 진리입니다. 그런데 지금 교육은 '생'만 강조할 뿐, 인간의 '노, 병, 사'를 직시하는 것은 가르치지 않았습니다.

전에 방문한 적 있는 칠레의 수도회 수녀들은 저녁 6시쯤 저녁을 먹고 밤 기도를 마치고 나면 의무적으로 병자가 있는 가난한 집을 찾아가 밤새워 간병한다고 합니다.

다음 날 아침 사람들이 일어날 때까지 병자를 지키고 보살피고, 낮에는 수녀로 생활하느라 거의 하늘의 해를 못 보며 지내기 때문에 대부분이 삼십 대 젊은 나이에 결핵으로 죽는다고 들었습니다.

밤중에 환자를 돌보는 것은 가족에게도 고된 일인데, 그녀들은 정말 가혹한 희생정신으로 살았던 것이죠. 그런 사람들의 존재를 알게 되었다는 것은 내게 아주 의미 있는 일입니다.

또 한 가지, 이탈리아에서 본 것도 죽음에 관한 산 자의 임무였습니다. 로마의 성 바오로 성당에 갔을 때 일입니다. 관광버스가 왜 저렇게 많이 서 있을까? 하면서 안으로 들어갔는데요. 어두컴컴한 성당 안은 수많은 사람들로 꽉 차 있었습니다. 어둠에 눈이 익자 그들이 대부분 휠체어에 앉아 있다는 것을 알게 되었죠. 나와 함께한 동행은 정말 놀랐다고 합니다.

"휠체어에 담요에 둘둘 만 조그만 인형이 놓여 있는 줄 알았는데, 갑자기 입을 벌리고 중얼중얼 기도를 시작하잖아요. 손발이 없어서 어린아이인가 했는데, 너무 놀라서 숨이 멎는 줄 알았어요.”

　실은 그 자리에 있던 사람들 모두가 중증 장애인이었던 것입니다. 환자와 간병하는 수녀들만 모여 있는 그 기이한 광경을 보고서, 대체 무슨 단체인가 하고 한 수녀에게 물어보니, 중증 환자들을 희망하는 성지로 보내주는 수도회였습니다.

　버스가 그렇게 많았던 것도 정상인처럼 일인당 한 자리가 아니라 누워 가는 사람이 많았기 때문이죠. 동행하는 의사가 필요에 따라 약을 먹이고 진통제를 주사해야 하지만, 아무도 도중에 죽으면 어떻게 하느냐고 하지 않는답니다. 그 장애인들의 인생의 목적은 오래 사는 것이 아니라, 죽기 전에 한번 가고 싶은 성지에서 기도를 올리는 것이니까요. 그 소망을 이뤄주려 하는 수도회 사람들의 헌신 역시 놀라웠습니다.

　연명이 아니라, 마지막 희망을 이루는 것이 진정한 행복이라고 생각하는 그들에게 나는 큰 감동을 받았습니다. 그 두 수도회는 내게 인간의 기본이라는 것을 가르쳐주었습니다.

# 인간을
# 회복하기
# 위해

　　19세기 중반, 프랑스와 스페인의 국경에 가까운 피레네 산맥의 마사비엘 동굴에서, 땔감을 줍고 있던 열네 살 소녀 앞에 열여섯 번에 걸쳐 성모 마리아가 나타났습니다. '이곳을 파거라. 그 샘물로 병자를 고칠 수 있을 것이니'하는 마리아의 명에 따라 소녀가 땅을 팠더니 샘물이 솟았다고 합니다. 이곳이 지금도 가톨릭 성지로 순례자들이 끊이지 않는 루루드입니다.

　　노벨 생리의학상을 수상한 알렉시스 카렐은 자신이 치

료했던 절망적인 환자가 이 루루드 샘물로 낫는 것을 실제로 보고는 '루루드의 기적'을 믿게 되었다고 하는데요. 하지만 나는, 성도들이 루루드의 기적을 믿고 그곳을 순례하는 이유는 그곳에 정말 마리아가 나타났고 그 샘에 몸을 담그면 잃어버렸던 손이 다시 생기거나 보이지 않던 눈이 다시 보이게 되는 기적을 바라서가 아니라, 그 장소에서 인간을 회복하고 삶의 목적을 새롭게 발견하기 위해서라고 생각합니다. 곤경이 없는 인생은 이 세상에 없을 테니까요.

루루드에는 내일을 기약할 수 없는 병자들이 하루에도 몇천 명씩 찾아옵니다. 온 유럽에서 특별히 준비한 열차가 운행되는 날도 있습니다. 병이 위중한 사람은 산소호흡기와 수액 장치를 부착한 채로 침대에 누워 촛불을 밝힌 미사 행렬에 참가합니다. 내가 갔던 부활절에는, 죽음이 머지않아 보이는 얼굴이 새하얀 아이가 누운 침대차를 아버지가 밀고 가자, 지나가던 사람들이 "해피 이스터, 부활절을 축하합니다" 하고 너도나도 외쳤습니다. 나는 그 광경에서 인간의 확고한 연대를 느낄 수 있었죠.

과거 좌익 운동이 한창이던 시절의 혁명가 〈인터내셔널〉처럼 전 세계 사람들이 불렀던 공통의 노래가 없어진 지금도 〈루루드의 마리아의 노래〉는 전 세계 사람들이 노래하고, 그 첫 소절은 다양한 나라의 언어로 불립니다.

예를 들어 "일본에서 온 그룹도 있으니 부탁합니다" 하고 전하면 일본어로 부르는 차례가 돌아옵니다. 그리고 "아베마리아, 아베마리아" 하는 후렴구만 수천 명의 합창 소리로 울려 퍼집니다. 슬로바키아어, 폴란드어 등 다양한 나라의 언어로 노래한 후에 합창 부분은 다 같이 노래하는 것입니다.

병과 건강, 삶과 죽음, 그 모든 것이 섞여 인생을 엮어낸다는 점을 감상적, 시각적으로 가르쳐주는 행렬, 기도의 합창이야말로 루루드의 기적이겠죠. 그 장소에서 기도하고 싶다, 가는 도중에 죽어도 상관없다, 이러한 열망이 자신이라는 인간을 회복케 하는 거겠지요. 물론 스스로 원해서 오는 것이니 의료적인 효과가 없다고 해서 법에 호소하는 사람은 전혀 없습니다.

결국 늙음과 죽음은 인간이 삶을 어떻게 해석하느냐에

달린 문제입니다. 바라는 희망이 제각각 달라도 괜찮습니다. 거기에 이상한 규칙을 적용해서는 안 됩니다. 명백한 범죄라면 문제가 달라지지만, 한 사람 한 사람이 자신의 자유로운 의지의 범위 안에서 어떻게 살고, 어떻게 죽을지 마음대로 결정해도 괜찮습니다.

자신의 생각과 맞지 않는다고 해서, 사회의 풍조나 경향과 다르다고 해서 틀렸다고 단정하고, 현미경으로 들여다보는 것처럼 좁은 틀 안에서 비판하는 것은 옳지 않습니다.

생물학적으로 동물의 심장은 15억 번 뛰면 끝이라고 합니다. 인간으로 환산하면 마흔 살 정도인데요. 나는 이미 여든 살이 넘었으니 앞으로 병원에 갈 일이 생기지 않고, 마지막 가는 길이 그리 고통스럽지 않으면 충분하다고 생각합니다.

최근에 소설을 위해 취재를 하다가, 장기 이식은 혈액형이 일치하지 않아도 상관없다는 얘기를 들었습니다. 의사 말로 뇌사든 일반사든 뇌와 대장 이외의 장기는 거의 이식할 수 있으며 걸리는 시간도 세 시간 정도라고 합니다.

죽어서도 다른 사람에게 도움이 될 수 있다면, 그 또한 행복이라고 생각합니다.

나는 지금 고령자 의료 보험을 최대한 사용하지 않으려고 하는데, 이미 충분히 오래 살았으니 사용하지 않겠다는 내 뜻에 따른 것입니다. 그러나 스스로 생각하지 않고 위기에 대처하는 능력도 없는 채 나이만 먹고, 국민 모두가 안심과 장수만을 요구하는 상황이 된다면 연금도 의료보험도 요양 보험도 국가 차원에서 유지하기가 힘들어질 것입니다.

어떤 노인은 남은 생의 시간에 비해 젊은이들보다 많은 돈을 갖고 있습니다. 그 노인이 가능하면 돈을 쓰지 않고 국가와 사회에 무엇이든 해주기를 바라고 의지한다면, 이는 노인의 그리고 더 나아가서는 인간 사회의 적이 될 수 있습니다.

요즘 들어 생활 속에 공짜, 무료가 유행하고 있습니다. 내 나이쯤 되면 극장이나 대중교통을 이용할 때 실버 요금을 지불하게 되는데, 나는 200엔이라도 버스 요금을 내려 합니다. 운전사도 공짜 손님 몇 명 중의 한 명쯤 동전이 떨어지는 소리를 들으면 신나지 않을까요? 나는 아마도 물질주의자, 배금주의자인 거겠지요.

# 인간은
# 하느님의
# 도구

우리나라는 자살자가 13년 연속 3만 명을 넘었습니다. 다른 나라도 자살률이 꽤 높은 것 같습니다. 통계를 내는 방법은 나라마다 다르겠지만, 어떤 자료에 따르면 인구 10만명 당 자살자 수가 일본은 세계에서 다섯 번째로 많고(24.9인), 한국은 그보다 많은 31명으로 두 번째, 러시아가 23.5명, 프랑스 17명, 중국 13.9명, 미국 11.1명이라고 합니다. 자살률의 높고 낮음은 접어두고 내가 하고 싶은 말은 '이 세상에는 살고 싶어도 살 수 없는 사람이 많은데, 스스로 목숨을 끊는 짓은 하지 않는 편이 좋다'는 것입니다.

그렇다고 자살한 사람을 타인이 비난해도 된다는 뜻은 아닙니다. 타인에게 폐를 끼치지 않는 방법으로 죽는 것은 반드시 지켜야 할 조건이지만, 마지막 순간에 그 사람이 어떤 생각을 품었는지는 타인이 절대 헤아릴 수 없기 때문입니다.

그리고 자살을 선택하는 사람 중에는 책임감이 강하고 성실한 사람도 있습니다. 아키하바라의 보행자 천국에 트럭을 타고 진입하거나 알지도 못하는 사람들에게 칼을 휘두르는 불성실하고 이기적인 인간은 자살을 할 수 없습니다.

종교학적으로 정확한 표현은 아니지만, 인간은 하느님의 도구입니다. 신이 보기에 인간 하나하나가 끈인지 가위인지 접시인지 부엌칼인지는 알 수 없고, 언제 어떤 형태로 쓰일지도 알 수 없지만, 언젠가는 반드시 차례가 돌아옵니다. 그러니 그때가 올 때까지 잘 간직하고 있어야겠죠.

이 세상에서는 왜 그렇게 되는지 예측할 수 없고 상상할 수 없는 일들이 벌어집니다. 신의 계시는 아니지만, 몇 년 전에 실제로 있었던 일을 소개합니다.

언젠가 간사이 지구의 주교에게서 전화가 왔는데, 다짜고짜 이런 말을 하더군요.

"동티모르의 상황이 좋지 않아 제대로 움직이는 자동차도 없다고 합니다. 택배 회사가 2톤 트럭 스무 대를 기부하겠다는데, 수송비가 2천만 엔이 들어요. 그 비용을 소노 씨의 NGO에서 대줄 수 없을까요?"

국민 대부분이 가톨릭교도인 동티모르공화국이 오랜 분쟁을 거쳐 2002년 인도네시아로부터 막 독립한 때였습니다. 전화 한 통으로 2천만 엔을 내달라고 하는데, 쉽게 낼 수 있는 금액이 아닙니다. 아무튼 그날은 아무 대답도 하지 못하고 전화를 끊었습니다.

그리고 며칠 후, 모르는 여자에게서 집으로 전화가 걸려 왔습니다.

"나는 교인이 아니라서 소노 씨에게 어떻게 연락하면 좋은지를 몰랐어요. 그런데 어느 교회를 통해 알게 되어, 이렇게 연락드립니다. 실은 얼마 전에 제 오빠가 세상을 떠났는데, 유언장에 유산의 일부를 소노 씨의 NGO에 기부해 달라는 내용이 있어요. 사무적인 절차는 이제 다 끝났으니 받아주실 수 있을까요?"

"뭐라 감사의 말씀을 드려야 할지, 정말 감사합니다. 그런데 금액이 얼마인가요?"

여자는 "2천만 엔"이라고 대답했습니다.

우연의 일치라고 하기에는 너무도 완벽해서 왠지 실감이 나지 않았지만, 이 일화는 소설이 아닙니다. 거짓말 같은 사실이죠. 주교가 전화를 걸어 2천만 엔 이야기를 꺼냈을 때는 "그렇게 쉽게 보시면 안 되죠" 하고 말할 뻔 했는데, 신기하게도 일이 좋은 방향으로 마무리되는 일도 있습니다.

실은 그 주교는 전에도 물은 적이 있었습니다. 인도에 컴퓨터 학교를 짓고 싶은데 도와줄 수 있느냐고 말이죠. 나는 "학교를 지으려면 돈이 상당히 많이 드는 데다 흙먼지가 풀풀 날리는 시골에 컴퓨터는 무리죠" 하는 대답으로 거절했습니다. 그러나 그 인연으로, 그 흙먼지 풀풀 날리는 시골 마을에 불가촉천민이라 불리는 사회 최하층 어린이들을 위한 유치원, 이어서 초등학교를 짓게 되었죠. 그다음 모의 대학을 짓기 위해 자금 조달 계획을 세우고 있을 때였습니다. 어느 대형 은행으로부터 갑자기 전화가 걸려왔습니다.

"어느 부인이 돌아가신 남편의 재산을 정리하면서 소노 씨의 NGO에 기부를 하고 싶다고 합니다."

"정말 고마운 말씀이네요. 그러나 아무쪼록 서둘지 말라고 전해주세요. 그리고 우리 후원회에 꼭 들러서 실정을 직접 보신 후에 결정하시는 게 좋겠어요……."

그런데 담당자의 말이 부인은 다리가 몹시 불편하기 때문에 방문은 무리라는 것이었습니다. 얼마 후 그 부인에게서 직접 전화가 왔습니다. 그녀는 "3분만 시간을 내주세요." 하고 정중하게 말한 후, "어렸을 때부터 선생님을 알고 있었어요. 세이신에 다녔던 초등학교 시절부터요"라고 하더군요. 그러니까 몇십 년 만에 전화로 대하는 동창생이었죠. 그녀는 수십 년 동안 휠체어 생활을 하며 남편과 함께 살았는데, 그 남편이 세상을 떠나 유산의 일부를 기부하고 싶다는 것이었습니다.

자신의 취향으로
자신을 단련한다

그 후로 옛날의 상급생인 그녀는 때로 미우라 반도에 있는 별장으로 차를 타고 놀러와 내가 차린 식탁에서 함께 식사를 하면서 많은 얘기를 나누었습니다. 도무지 힘들게만 느꼈던 '주교님'에 얽힌 사업을 함께 진행하게 된 인연이었던 셈이죠.

같은 신부라도 가난한 지역에 가서 쓰레기를 줍고 허드렛일을 하면서 사람들을 돕는 경우도 있거니와, 그 주교처럼 사람에게 거액을 출자하도록 하는 경우도 있습니다. 나는 어느 쪽이나 훌륭한 하느님의 도구라고 생각합니다.

어느 쪽이나 나로서는 감당하기 어려운, 배려할 방법이 없는 일이었습니다. 움직이지 않겠다고 마음먹고 버티는 일도 있지만, 아무리 노력해도 일이 풀리지 않아 한심해지는 때도 있습니다. 그러나 노력하지 않는 사람 앞에는 영영 길이 열리지 않는다고 생각합니다.

인간에게는 비관하는 능력, 그러니까 나쁜 방향으로 생각하는 능력도 필요합니다. 아름다운 호반과 만을 바라보면서 그 너머에 있는 화산이 분출할지도 모른다, 해일이 밀려오면 어디까지 수면이 올라갈까? 그런 상상을 하는 것입니다.

 옛날 가톨릭교도들이 행했던 라틴어 미사에는 "메아 쿨파Mea culpa(오오, 나의 죄여)" 하고 조그맣게 중얼거리면서 자신의 가슴을 세 번 치는 의식이 있었습니다. 그때 다들 무슨 생각을 했을까요? 잘은 몰라도 그 사람들 대부분은 그리 나쁜 짓은 하지 않았을 겁니다. '오늘은 연로한 어머니와 말다툼을 했다. 조금 더 친절하게 대하고 싶은데 그만 매정하게 대하고 말았다. 정원에 핀 꽃을 시들게 한 걸 가지고 그렇게 화를 내지 않았어도 되는데.' 뭐가 되었든 자신의 사소한 죄를 고백하고 반성하는 시간은 자신과 마주할 수 있는 좋은 기회입니다.

 일본과 달리 아프리카에서는 길 가는 도중에 타이어가 터지거나, 소매치기를 당하거나, 짐이 도착하지 않거나, 묵기로 예약한 숙소에 묵을 수 없는 일이 흔합니다. 그래서 나는 언제든 상대를 믿지 않고 온갖 나쁜 상황을 예상하는 습관이 붙고 말았죠. 하지만 대개의 경우 그렇게 나쁜 사람만 있지는 않습니다. 일이 순조롭게 진행될 때면 나는 늘 마음속으로 자신의 잘못을 뉘우칩니다. 그리고 행운에 감사합니다.

　사람이 살아가다 보면 정말 나쁜 일을 당할 때도 있는가 하면 생각지도 못한 행운에 크게 기뻐하는 일도 있습니다. 그 정도의 적당함으로 사는 쪽이 편하죠.

인간은 어떤 상황에 놓이더라도,
서너 시간 혹은 열두 시간,
스물네 시간 단위로 목표를
세워야 합니다.

# #8

×××××××××××××××××××××××××××××××××××××××××××××××××××

# 인간의 기본으로
# 돌아간다

인간이 인간에게 무엇을

할 수 있는가 하는 것을

기본부터 생각하는 것입니다.

# '초법규超法規' 상황에서는 각자가 대처한다

　　　　동일본 대지진과 그에 이은 원자력 발전소 사고는 우리 인간들이 예상한 것보다 훨씬 빨리 '답'을 보여 주었습니다. 동시에 몇 가지 사항을 재삼 확인 시켜 주었죠. 우선, 안심하고 지낼 수 있는 생활 따위는 없다는 것입니다.

　예전부터 나는 몇 번이나 똑같은 말을 해왔습니다. 선거철이 돌아올 때마다 정치인들은 입을 모아 "여러분이 안심하고 살 수 있는 안전한 사회를 만들겠다"고 약속했고,

국민들은 그 말을 그대로 믿었습니다. 그러나 이렇게 명확한 거짓말은 없죠. 안심하고 살 수 있는 인생 따위는 어디에도 없으니까요.

그런데 놀랍게도 지진 후인 지금도 정치인과 고령자는 '안심하고 살 수 있는'이라는 말을 사용하고 있습니다. 얼마나 지독한 일을 당해야 눈을 뜨고 현실을 보게 될까요?

지금까지 일본이 맹신해 온 민주주의는 전기가 끊어지면 함께 정지하지 않을 수 없습니다. 전기가 공급되지 않는 비상시에는 민주적인 절차를 거쳐 뽑힌 수장이 아니라, 다른 차원의 장로나 명망 있는 실력자가 지도자가 될 수밖에 없습니다. 물론 우리의 생활은 그동안 축적한 지식과 경험이 있으니 정전 상태에서도 어느 정도 유지될 수 있겠죠. 그러나 민주주의 사회 시스템이 부족사회로 돌아가는 순간은 반드시 있다는 뜻입니다.

민주주의가 사라지면, 지금까지 질서의 버팀목이던 법률과 규칙은 의미가 없어집니다. 항구적인 최고 법규여야 마땅한 헌법에서 회사의 취업 규칙까지, 지금까지 따르던 모든 것이 유명무실해지고 맙니다. 이렇게 이른바 '초법규' 상황에서는 개인이 각자 대처하는 수밖에 없습니다.

그런데 이번에 발생한 대지진 당시 그러지 못한 경우가 도처에서 발생했습니다. 그 상징적인 것이 매스컴이었죠. 연일 이어진 회견과 보도를 보면, 그들의 머릿속이 평상시의 연장에 머물고 있음을 잘 알 수 있었습니다.

"물자는 고루 보급되고 있습니까?"

"내일은 어떻게 되는 겁니까?"

이런 종류의 질문, 내일 일을 알 수 없는 비상시국인데 평상시와 같은 질문을 하다니 말이죠.

비슷한 상황이 정부의 초기 대응에서도 나타났습니다. 도로가 차단되는 바람에 구조 물자를 투입하지 못해 굶주림과 추위에 고통받는 사람들이 있는데, 왜 물자를 공중 투하하지 않았을까요? 물과 식량, 체온을 유지하기 위한 담요 등, 급한 불을 끌 수 있는 최소한의 물자라도 투하하면 어떻게든 받을 수 있었을 텐데 말입니다.

재난 상황에서 물자를 투하하는 것은 외국에서도 상식입니다. 그러지 않은 이유가 법규에 있다고 하는데요. 그러나 미군 헬리콥터는 '어쩔 수 없이 불시착했는데 적재물이 너무 많아 짐을 내버리고 다시 이륙'해서 물자를 보급했다고 합니다. 확인, 승낙의 절차 없이 말이죠. 일본의 경직된 자세와는 다른, 그야말로 초법규적인 행동입니다.

현대 일본인은 '초법규'라고 하면 마치 룰을 무시하는 나쁜 일처럼 생각하는데, 내가 말하는 '초법규'는 어떻게 하면 사람들을 보호하고 빨리 법규가 유지되는 세상으로 되돌려 놓을 것인가, 즉 인간이 인간에게 무엇을 할 수 있는가 하는 것을 기본부터 생각하는 것입니다.

인간의 몸속에는 내장된 본능이 있어서, 식사나 배설, 성적인 것 외에 눈앞에 쓰러진 사람이 있으면 일으켜 세우고, 불이 나면 물을 뿌려 끄는 등, 사람을 살리는 성질이 있습니다. 이런 일은 학력이나 지능과 무관합니다. 고등교육을 받지 않은 사람도 할 수 있는 조치입니다. 넘어질 때에는 머리를 보호하기 위해 손이 먼저 나가야 하는데, 최근에는 머리부터 떨어지는 사람도 있다고 하니, 본능 자체가 약해진 증거일지도 모르겠군요.

아주 오래전 일입니다. 내가 참여한 '해외 선교자 활동 후원회'에서 '국경 없는 의사회'에 기부금을 전달한 인연으로 그들의 강연회에 초대받아 간 적이 있었죠. 강연회가 끝나고 질의응답 시간이 되자, 일본 학생이 질문했습니다.

"국경 없는 의사회에 소속된 여러분은 활동하는 나라의 의료법을 어떻게 배우고 있나요?"

그들은 전 세계 곳곳에 있는, 초연이 자욱한 분쟁 지역과 재난 지역의 흙더미 속에서 비상 구조 활동을 하는 사람들입니다. 프랑스 의사는 잠시 생각하다가 이렇게 되물었죠.

"여기에 부상을 당한 환자가 있다, 우리는 의사로서의 기술과 의약품을 갖고 있다, 도움을 청하는 사람을 돕는데 그 이상의 어떤 룰이 필요한가요?"

이 질문이야말로 최근의 '지적'인 우리의 전형적인 행태라고 볼 수 있겠죠. 어떤 문제가 인간의 기본적인 삶과 어떤 관련이 있는지를 생각하기보다 룰이 무엇이며 그 룰에 어떻게 저촉되는지를 따지려는 태도 말입니다. 그런 태도가 이번 지진의 사후 처리 과정에서도 여실히 드러났습니다.

법률과 제도는 어디까지나 인간이 만든 것입니다. 그러

니 비상시에는 정지될 수도 있고 그 효력이 약해질 수도 있는 것이죠. 그러다 상황이 진정되어 평상시로 돌아오면 룰의 세계도 제자리를 찾게 되는 것입니다. 비상시에는 법규를 넘어서 살 필요가 있습니다.

# 스스로 생각해서 임기응변으로 대처한다

스무 해 전쯤, 성경 공부를 하려고 시나이 반도의 사막에 머물 때 일입니다. 야영을 하면서 군수물자 수송차 같은 트럭을 타고 이동하는 중에 간혹 싸구려 오렌지가 배급되었죠. 나는 벗겨낸 껍질을 짐칸 밖으로 휙휙 던져버렸는데, 옆에 앉은 일본인은 어떻게 처리하면 좋을지 몰라 난감해했습니다. 마을 안이라면 염소 먹이가 되겠지만, 사막 한가운데에서는 바로 말라버리기 때문에 버려도 아무 상관이 없습니다. 그런 고민을 한다는 것은 상식

운운하기 전에 사고가 경직되어 있기 때문입니다.

최근 한 지인에게 이런 얘기를 들었습니다. 인도에서 산적도 있을 만큼 생활력이 강한 그녀가 지진 발생 후 부하 직원에게 "내일은 운동화를 가져오라"고 지시했답니다. 다음 날 그 직원이 운동화를 가져온 것까지는 좋았는데, 양말은 가지고 오지 않았다는군요.

스티븐슨의 《보물섬》에는 긴 항해 중에 아무나 먹을 수 있도록 사과를 잔뜩 담은 통이 등장합니다. 그녀가 들려준 얘기 속에는, 이번 지진 후 슈퍼마켓에서 썩기 쉬운 바나나는 다 팔려나갔지만, 그 옆에 사과는 산더미처럼 쌓여 있었다는 일화도 있습니다. 바나나는 금방 물러 상하기 쉽고, 사과는 《보물섬》에서처럼 오래 두고 먹을 수 있다는 걸 생각하면 참 이상한 노릇입니다.

이 일화를 통해 우리가 알 수 있는 것은 자신이 황야에 내던져졌다면 어떻게 할 것인가 하고 생각하는 능력, 비상시에 대처하는 능력이 전혀 없다는 것이죠.

지진이 발생했다면 무엇을 할 것인가? 그 대답은 사람에 따라 다릅니다. 우선 가족을 찾는 사람, 양철 지붕이라도 주위와서 밤이슬을 피할 장소를 확보하는 사람 등 여러 가지로 다양하겠죠. 피난소에 피신해 있다면 땔감을 구하고, 돌과 벽돌로 아궁이를 만들어 솥을 걸 수 있게 하고, 사용할 수 있는 자재를 끌어모아 당장 생명을 유지할 수 있도록 준비를 할 겁니다. 어떤 일이든 상관없지만, 아무튼 '뭘 할 것인가', 그 대답은 상황에 따라 임기응변으로 생각할 수밖에 없습니다.

전 세계 슬럼가의 지붕을 보면, 지금 그 집에 사는 사람이 오래전부터 살던 사람인지 새로 살기 시작한 사람인지 쉽게 알 수 있습니다. 어떤 슬럼에서든 처음에는 이미 있는 벽에 양철판 하나를 주워다 비스듬히 세운 것이 집입니다. 그러다 며칠이 지나면 점차 모래 먼지와 비를 피할 수 있게 이리저리 덧대는 것이죠. 그리고 시간과 약간의 돈을 들여 지붕을 얹게 됩니다. 그것은 맨몸으로 시작한 비상시에서 평상시로 이행하는 하나의 형태입니다.

# 불평등은
# 당연한
# 것이다

전직 외교관에게 '민주주의는 정전에 의해 잠정적으로 정지될 수도 있다'는 얘기를 한 적이 있습니다. 그랬더니 그 외교관은 '전기가 나가도 그런 일은 절대 있을 수 없다'며 부정하더군요. 아마 선진국 대사만 역임한 탓이겠죠. 그러나 아프리카나 아랍에서는 사정이 다릅니다.

전기가 나가면 기차가 움직이지 못하고, 신호가 작동하지 않는 등 갖가지 피해가 발생합니다. 그러나 그런 문제를 운운하기 전에, '평등과 공평'이 불가능해집니다. 평등과 공평은 인간 사회에 원래부터 자연스럽게 있던 것이 아니니 '초법규'상황에서는 결국 없어지게 마련입니다.

예를 들어서, 양이 한정되어 있는 약을 누구에게 얼마나 배급할 것인가? 이 문제에서 어디까지나 공평을 기하자면 한 사람 한 사람의 병력, 증상, 나이, 가족 구성 등 모든 것을 파악해야 하는데, 비상시에는 도저히 그럴 수 없습니다.

불평등은 당연한 것으로 받아들일 수밖에 없습니다. 게다가 나처럼 노인이거나 체력이 약한 사람, 죽음을 앞둔 사람부터 먼저 죽는 것은 피할 도리가 없는 일입니다.

30년 전쯤, 나는 마다가스카르의 조산원을 취재해, 현실에서 행해지는 생명의 선별을 테마로 《시간이 멈춘 아이》라는 제목의 소설을 썼습니다. 그 책을 읽은 수녀 간호사가 "트리아지triage도 취재하셨군요"라는 말을 했는데, 당시 나는 트리아지란 말조차 몰랐습니다.

트리아지는 간단히 말하면, 화재나 대형 사고나 재난이 발생한 비상시에 부상당한 사람을 이미 늦었다, 긴급을 요한다, 다소 시간이 있다는 식으로 부상 정도와 병세에 따라 살 수 있는 가능성에 순위를 매기고 선별하는 작업을 뜻합니다. 나도 만약 의사라면, 노인보다 젊은이의 생명을 구하려 애쓸 것이고, 부족한 약품을 조금이라도 살아남을 가능성이 높은 환자에게 줄 것입니다.

나 자신 나이를 먹어가면서 비상시에는 늙은 사람부터 포기하는, 넓은 의미의 트리아지가 있어도 괜찮다고 확신하게 되었습니다. 그러나 수많은 고령자들은 그에 반대할 테니, 타인에게 적용하지는 않으렵니다. 마음속으로 두고 두고 확인하고 있을 뿐이죠. 그리고 75세가 넘은 노령자 결사대 따위는 성가시기만 할지도 모르겠지만 이번 사건처럼 생명이 위험한 사태에 도움이 될 수 있다면 어디든 기꺼이 달려가겠습니다.

지금의 교육은 인간은 언제나 평등하며 공평하게 대접받아야 한다고 가르쳤지만, 비상시에는 순위를 매기는 것이 오히려 생명에 대한 평등이라고 생각합니다.

텔레비전의 토크쇼 프로그램에서 도쿄 23구 대부분(아라카와 구와 아다치 구 제외)이 예정된 계획 정전을 보류했는데, 가나카와 현의 127만 가구가 정전이 된 것은 불공평한 조처였다고 맹비난을 하더군요. 그러나 도쿄 전력회사가 공언은 하지 않았어도 이는 '당연한 불공평'입니다.

오히라 내각 당시 나는 종합안전보장 연구그룹의 멤버였습니다. 도쿄 전력회사의 한 간부는 "비상시 전기 공급에 차질이 생겼을 경우, 가장 먼저 비상 발전을 하는 곳은 총리 관저"라는 말을 했습니다. 그 말대로 도쿄 도심에는 총리 관저가 있고, 각 행정부 장관, 온갖 기업의 최고 책임자가 살고 있습니다. 개개인의 능력은 둘째 치고, 일시적이나마 민주주의가 정지 또는 약화된 가운데, 복구를 위해 필요한 권력과 판단이 집중되는 곳에 가장 먼저 전기를 공급하는 것은 당연한 일이 아닐까요?

사방은 캄캄한데 도지사의 집에만 휘황찬란하게 불이 켜져 있다 해도 어쩔 수 없는 일이 아니라 당연한 조치가 행해졌다고 나는 안심할 것입니다. 일본 사람이 그 정도도 모를 만큼 바보는 아니겠죠.

# 비상시에
# 대비한다

　　나는 아프리카에서는 독특한 방식으로 숙박을 합니다. 숙소에 도착하면 제일 먼저 샤워든 수도꼭지든 물이 나오는 장소에 가서 양동이 가득 물을 받습니다. 양동이는 어디든 놓여 있죠. 동행한 사람들은 대개 주변을 산책하지만, 해가 저물어 숙소에 돌아오면 물이 나오지 않는 경우가 다반사입니다. 나는 정말 약삭빠르다고 할까, 이기적입니다. 주위 사람들은 이런 나를 보고 준비성이 많다거나 소심하다고 할지 모르겠지만, 나는 유목민처럼 머리도 감지 않고 몸도 씻지 않은 채 자거나 빨래를 하지 않는 것은 싫기 때문에 이렇게 나름대로 준비를 하는 것입니다.

도쿄의 집에도 언제나 400리터의 물을 상비하고 있습니다. 2리터짜리 페트병 200개에 물이 공기에 노출되지 않도록 가득가득 담아 놓는 것이죠. 선박의 항해용 물은 흔들리기 때문에 썩지 않는다는 말을 들은 적이 있으니 사실은 때로 흔들어줘야 하겠죠.

단독주택이 아니더라도 물 수십 리터쯤은 아파트 베란다에 보관할 수 있습니다. 두꺼운 이불보다는 보온성이 강한 침낭, 비상식량이자 그릇도 될 수 있는 캔 건빵, 손전등, 일회용 손난로, 라디오 등 정전이 되어도 당분간 지낼 수 있는 준비는 해놓을 필요가 있다고 생각합니다. 가끔 전국 규모의 정전 대비 훈련을 하는 것도 좋겠지만요.

원래 나는 나 자신도 타인도 믿지 않습니다. 우리나라 사람은 정치가를 빼고는 대개 현명하고 교양이 있기 때문에 평상시에는 친절하고 참 좋습니다. 그러나 자연재해가 발생했을 때 정부가 나서서 식품과 물과 대피소를 공급하지 않으면 아마 대부분 집단 난동으로 치닫겠죠. 나 자신이 가장 먼저 그렇게 될 것 같아, 나는 개인적으로 나약한 자신에 대비하고 있는 것입니다. 폭주하는 소 떼처럼 공황 상태에 빠지면, 타인을 짓밟아 죽이는 사람도 짓밟혀 죽는 사람도 생겨나게 마련입니다. 가게 문을 부수고 들어갈 수도 있는 그 추악함은 되도록이면 모두가 보고 싶지 않을 겁니다.

나는 게으른 데다 약삭빠르기도 해서, 쓰러지기 쉬운 물건 밑에 미술관 등에서 사용하는 테이프를 붙여두는데, 이는 지진 때문에 쓰러진 물건을 바로 세워놓고 청소하는 것이 점차 힘들어졌기 때문입니다.

지진이 났을 때, 도쿄 주변에서도 쌀과 물, 화장지, 낫토 등 생활필수품을 사재기하는 사람이 많았습니다. 팔려나간 물건 중에는 종이 기저귀도 있었죠. 옛날에는 종이 기저귀가 없으면 낡은 유카타를 찢어 기저귀로 사용했으니 안 입는 티셔츠를 사용하면 되는 일인데, 그런 순발력이 없는 사람이 많아진 것이겠죠.

편리함을 당연시하는 풍조와 자신의 지혜로 대처하지

않으려는 게으름이 큰 문제입니다. 정전이 되면 어떤 전자 제품도 사용할 수 없으니, 전기에 지나치게 의존하는 지금의 생활 방식도 재고할 필요가 있지요.

그리 오래지 않은 과거에는 툭하면 정전이 되었습니다. 그러면 여름에는 부채로 더위를 이기고, 겨울에는 옷을 두툼하게 입고 풍로 앞에서 추위를 이겼습니다. 앞으로 원자력 발전소를 어떻게 할 것인가, 도쿄 전력회사에는 어느 정도 용량을 요구할 것인가 하는 것은 국민들의 생활 의식에 좌우되는 문제입니다.

다만 나는 지금까지와 다름없이 전기를 자유롭게 사용하고 싶지만, 원자력에 무조건 반대하는 것은 인정하지 않습니다. 일본에서는 이런 식의 뒤틀린 주장이 간혹 제기되는데, 오키나와의 전주둔군 노동조합이 '미군 기지를 철수하라, 그러나 해고는 반대한다'고 주장했을 때, 나는 그 모순된 논리에 정말 난감했습니다.

기지를 철폐하라고 했으면 나무껍질을 뜯어 먹으면서라도 다른 일을 찾든지, 아니면 본토에 있는 가족이나 친척 지인들과 다 같이 힘을 모아 생활을 유지하든지, 아무튼

자신들의 생활은 스스로 해결하는 대가를 치를 각오를 해
야만 하죠.

# 비통한
# 의무로서의
# '기뻐하라'

2차 세계대전 중 아우슈비츠 수용소 안에서 합창대가 편성되었는데, 죽음과 마주한 상황에서도 노래할 때만은 그 현실을 잊을 수 있었다는 일화가 있습니다. 그렇다면 그들은 노래할 때 진심으로 즐거웠을까요? 결코 그렇지 않았을 겁니다.

신약성경의 '바울 서신'에는 '기뻐하라!'는 명령의 말이 몇 번이나 나옵니다. 이런 상황에 기뻐하라는 것은 불경한 일이 아니냐고 할 수도 있지만, 그것은 감정적으로 기뻐하라는 뜻이 아니라, 인간의 비통한 의무로서, 의식으로서 그렇게 하라는 명령입니다.

아래 내용은 산케이 신문 '정론'에도 쓴 내용인데, 전쟁 중의 위험과 빈곤을 체험하고, 전 세계 벽지에서 빈곤을 계속 목격해온 나로서 대지진에 임해서도 '기뻤고' '기뻐하지 않을 수 없었던 일'을 다시 정리한 것입니다.

- 일본인 전체에게 기초 학력, 근면, 인내의 힘이 있었으며, 불행을 물리치는 창의력과 의욕이 비축되어 있었고, 또 솔직했다.
- '사람으로서 해야 할 일을 알면서도 행하지 않는 것은 용기가 없기 때문'이라는 기개조차 지금의 선생들은 가르치지 않았으나, 민족의 마음에는 기적처럼 남아 있었다.
- 울부짖는 부화뇌동형 인간은 재난을 당한 지역에 거의 없었다. 많은 일본인들은 감정적으로 대처해 봐야 아무것도 해결되지 않는다는 사실을 알고 있었다. 유언비어에 좌지우지된 사람은 오히려 재난 지역에서

멀리 떨어진 대도시에 많았다.

- 지진이 발생한 날 밤, 노천에서 잠든 경우는 많지 않았다. 대부분 견고한 벽과 지붕이 있는 피난소에 수용되었다. 이는 어느 나라에서나 가능한 일이 아니다.

- 이 혼란의 와중에서도 약탈, 방화, 폭주, 집단 강간 등의 흉악한 사건은 발생하지 않았다. 범죄는 일상적인 범위 안에 그쳤다. 시신이나 파손된 가옥에서 소지품이나 가재도구를 가져간 행위, 파괴된 편의점에 침입하고 상품을 가져간 행위, 의연금 사기 등, 인간적인 범위 내의 악에 그쳤다.

- 쓰레기를 치우는 장비, 파괴된 시설과 기계를 수리하기 위한 부품의 생산 기능과 우수하고 헌신적인 기술자가 지방에도 상당히 많이 남아 있었다. 고압 방수차, 방사능 방호력을 지닌 전차 같은 덤프, 그 밖의 다양한 특수 기능을 탑재한 차량과 선박을 자위대, 경찰, 소방, 해상보안청, 미군이 보유하고 있었다. 물과 휘발유 탱크차도 다수 준비되어 있었고, 도로가 신속하게 개통되었으며, 순조롭게 제 기능을 했다. 피해

자신의 취향으로
자신을 단련한다

지역의 재해 쓰레기를 몇 년이 지나도 자국의 힘으로 처리하지 못하는 나라도 있다.

- 일본은 동서로 긴 나라지만 전신 마비에 빠지는 일 없이 일시적인 반신마비에 그쳤다. 반신이 건전하면 복구도 가능하다. 원전 사고가 일본의 동해안에서 발생한 것이 불행 중 다행이었다. 긴 안목으로 보면 편서풍이 방사능 물질로 인한 피해를 다소 줄여줄 것이다.

- 일본의 물류 시스템이 세계에 내놓을 수 있는 수준을 신속하게 회복해 위기를 상당 부분 피할 수 있었다.

- 인공투석 환자에 대한 배려도 신속하게 진행되었다. 아프리카에는 평소에도 투석을 할 수 있는 환자가 없다.

- 질서 정연하게 줄을 서서 차례를 기다릴 줄 알았다. 이 또한 대혼란을 피할 수 있었던 위대한 이유이다.

- 국민 모두에게 자치 능력이 있는 것은 아니다. 그러나 이번 대지진의 피해자는 재해 직후부터 자신들의 생활을 계속하기 위해 일했다.

- 겨울이 끝날 무렵에 사고가 발생했다. 때로 눈발이 날

린다 해도, 봄은 그리 멀지 않다.

'기뻐하라'는 말은 시각의 변화를 의식적으로 꾀하는 것입니다. 이 세상은 '모 아니면 도'가 아니므로, 어떤 비참한 상황에서도 한 줄기 빛을 발견할 수 있고, 그런 한편으로 순조롭게 진행되고 있는 것처럼 보이는 일도 한순간에 뒤집힐 수 있습니다.

나는 예전부터 이 세상 전부가 악일 수도 선일 수도 없다는 말을 했습니다. 원전 사고가 일어났는데도 여전히 원자력 발전소 건설을 추진할 것인가, 말 것인가. 지나친 견해일 수도 있지만, 후쿠시마 원전 사고가 그 판단 재료를 단번에 제공했다는 점에서 세계적인 공헌을 했다고 할 수도 있지 않을까요?

고장의 어르신이나 조상 대대로 내려오는 말은 매스컴이 조성하는 인위적인 논리보다 한결 옳다고 생각합니다. 진도 9의 대지진으로 발생한 해일과 원전 사고는 분리해서 생각할 필요가 있습니다.

원전 사고에 대한 대응을 둘러싸고 도쿄전력이 맹비난

을 받았는데, 도쿄전력이 모든 것을 잘못했다고는 생각하지 않습니다. 내가 아는 한, 지진이 발생하기 전부터 가와사키 화력 발전소를 언제든 가동할 수 있는 상태로 정비했다고 합니다. 재난이 닥치면 도시 지역에 별 어려움 없이 전기를 공급하기 위해서였죠. 전에 언급한 도쿄전력의 간부도 "우리 회사에 간부 사원이 많은 것은 이쪽이 기능을 상실하면 저쪽을, 저쪽이 기능을 상실하면 또 다른 쪽을 가동할 수 있도록, 비상시의 지휘 명령 체계를 이중 삼중으로 준비할 필요가 있기 때문"이라고 말한 적이 있습니다. 어느 면에서는 훌륭했습니다.

도쿄전력이 천 년에 한 번 도래할 수 있는 상황을 미리 예상하지 못한 것이 일방적으로 비난받을 일인지, 일본인 전체의 책임인지, 그 점을 냉철하게 생각하는 것이 미래의 에너지 대책을 결정하는 중요한 열쇠가 될 것입니다. 다행히 일본에는 그런 지식을 선도할 수 있는 학자가 무수하게 많으니, 몇 사람이 사상을 좌우하는 위험을 막을 수 있을 것입니다.

인간은 자신이 태어난 장소와 시간을 바꿀 수도, 과거로 거슬러 올라가 운명이나 역사를 바꿀 수도 없습니다. 책임을 추궁하는 것은 필요한 일이지만, 비상시에는 무의미한 일입니다.

# 〈해변에서〉와
〈일기〉사이에서

　　1950년대에 네빌 슈트가 쓴 《해변에서》는 그레고리 펙 주연의 영화로도 만들어졌습니다. 핵전쟁이 발발해 북반구가 괴멸한 상황에서 미국 잠수함이 오스트레일리아의 멜버른에 기항합니다. 남반구까지 방사능으로 오염되었는데 사람들은 애써 생명을 구하기보다는 정든 고장에서 남은 시간을 보내는 쪽을 선택하고, 함장 역시 군인으로서 승선원과 함께 침몰의 길을 선택합니다. 슈트는 기술자인 동시에 소설가였기 때문에 문학적 평가에 다소 미묘한 부분이 있지만, 극한의 부정적인 상황을 그린 명작이라고 생각합니다.

또 하나, 19세기 영국의 사무엘 핍스가 남긴 《일기》라는 걸작이 있는데요. 핍스는 '영국 해군의 아버지'라 불릴 정도의 인물인데, 10년에 걸친 상세한 일기에는 페스트가 창궐하고 런던이 화염에 휩싸인 중에도 바람을 피우느라 정신이 없는 자신과 비겁하게 도망치는 사람들의 모습이 극명하게 그려져 있습니다. 나는 이 일기를 읽을 때마다 인간성 넘치는 문학의 매력을 느낍니다.

문학에는 예측성이 있다는 말을 따른다면, 대지진 후의 우리는 이 두 작품 사이에 있으며, 이만큼 우리 현실에 맞고 또 참신한 작품은 없다고 생각합니다.

20년 전쯤에 작가 가미사카 후유코 씨를 따라 파리에서 1백 킬로미터, 도쿄로 하면 우즈미야나 오다와라 쯤에 있는 원자력 발전소를 보러 간 일이 있습니다. 나는 사실 원자력 발전소에 별다른 관심이 없었습니다. 공부한 것은 수력 발전소 건설 공사뿐이니까요. 그런데 가미사카 씨를 따라다니는 중에, 가미사카 씨가 별실에 있는 직원에게 질문을 하라더군요. 나는 딱히 질문할 거리가 없어서 "만약 배가 아파 쉬고 있는데 비상벨이 울리면 어떻게 하나요?" 하고 물었다가 가미사카 씨에게 "좀 더 지적인 질문을 해봐요!"하는 핀잔을 들었지요.

애당초 나는 이공 계통이 아니고, 원자력 발전소가 안전한지 위험한지, 에너지 정책상 반드시 필요한지, 그런 기본적인 지식이나 의견조차 없는 상태였습니다. 많은 사람들이 우려하고 있는, 방사능이 인체에 미치는 영향에 관해서도 거의 몰랐죠.

방출된 방사성 물질은 당시의 기상 조건에 따라 다른 양상으로 번질 것이고, 언젠가 지구 한 바퀴를 돈다고 하면, 어디로 피하든 큰 차이가 없을지도 모릅니다. 그리고 더 극단적으로 말해서, 후쿠시마에서 사고가 발생하기 전부터 '일본인 두 사람 중 한 사람은 암에 걸린다'는 말이 있으니, 10년 후나 15년 후 그 가능성이 높아지는 것도 현실이겠지요.

다네가 섬에 화기가 반입되었을 때, 노란 머리에 파란 눈의 서양인을 보았을 때, 서양 배가 기항했을 때, 콜레라와 스페인 감기 같은 전염병이 돌았을 때도 우리는 상당히 꺼림칙하고 두려웠을 것입니다.

체르노빌 거주 금지 구역 안에 사는 사람을 만났을 때, 그곳에 살면서 방사능 걱정을 하지 않느냐고 물은 적이 있습니다. 한 노인은 "주위에 사람이 없어서 버섯도 감자도 마음대로 캘 수 있는데 뭘. 보드카 마시고 있으면 아무 걱정 없어" 하고 대충 대답했는데, 그 표정이 정말 행복해 보였습니다.

'방사능 때문에 죽어도 괜찮으니 나는 내가 살던 고장을 떠나지 않겠다'고 주장하는 사람이 있어도 나는 무방하다고 생각합니다. 생활에는 서민의 우직함과 강함이 배어 있는 법입니다. 아는 게 모르는 것보다는 낫다는 사람도 있지만, 지식인들이 오히려 나약하고 애처로운 경우도 있으며 무지한 덕분에 건전하고 강할 수도 있는 것입니다. 나 자신은 그 양쪽을 고루 사용하면서 살아왔다고 생각합니다.

전쟁을 아는 자들의 인생에는 먹을 것이 없는 고통도 가난도 이미 다 담겨 있습니다. 가령 방사능으로 죽는다 해도, 나는 소설가로서 이 세상을 자신의 감각으로밖에 볼 수 없습니다. 지식이든 뭐든 타인의 감각으로는 살 수 없습니다.

젖먹이 아이가 있는 젊은 사람들이 피난하는 것은 마땅한 일이고, 그런 한편에 죽는 한이 있어도 내 고향을 떠나지 않겠다는 고령자가 있어도 무방합니다. 이번에 도쿄를 피해 간사이 지방이나 오키나와로 간 사람도 무척 많다고 합니다. 70퍼센트 정도는 나이 탓인지도 모르겠으나, 나는 주어진 운명에서 도망치느니 그 소용돌이 속에 있는 쪽을 택하겠습니다.

# 인간을
# 만드는 것

       오늘에서 내일을, 앞날을 어떻게 살아갈 것인가, 그리고 어떤 형태로 살아갈 것인가. 그 과정에 개입되는 운에 대해 나는 고민하지 않습니다. '몇 초만 늦었어도', '다른 길로 갔더라면'……. 이번 대지진 때도 이런 말이 많이 오갔습니다. 그러나 그런 운은 인간이 좌우할 수 있는 영역이 아닙니다.

  이시하라 신타로 도지사가 지진이 발생한 바로 후에 '이것은 천벌이다'라는 발언을 해서 물의를 빚었는데, 그 말은 과연 누구를 향한 것이었을까요? 아마도 자신을 포함한 일본 사람 전체였을지도 모릅니다. 모두들 자기는 그렇지 않은 것처럼 의식하고 있어도, 전후 사회에 오래 살아남으면서 안이한 태도가 전혀 없었다고는 할 수 없겠죠.

앞으로 정치가들은 '안심하고 살 수 있는'이라는 말 대신 '무슨 일이 닥치면'을 외쳐야 할 것입니다. 그러면 '다소 안심하고 살 수 있는' 사회가 될 수 있을지도 모르니까요. 그리고 국가는 아이들에게 비상 상황을 버텨낼 수 있는 교육을 실시하는 것이 중요합니다. 물과 음식, 의복 등 생활필수품을 최소한으로 제한해야 하는 생활을 경험하고 익히는 것은 훈련으로 충분히 가능합니다.

앞으로 IT 산업이 한층 더 발전해서 버튼 하나로 '해답'을 신속하고 정확하게 도출할 수 있게 된다 해도, 거기에는 체험이라 할 만한 것이 전혀 없습니다. 유한한 인생의 시간을 지속적으로 낭비하고, 경직된 사고와 빈곤한 정신의 소유자를 양산할 뿐입니다.

평상시뿐만 아니라 비상시에도 대응할 수 있는 인간이 되기 위해, 그 기본이 되는 것은 한 사람 한 사람의 인생

체험일 수밖에 없습니다. 강렬하고 농후하며 농밀한 체험과 그것을 뒷받침하는 도덕이라는 인간성의 기본, 결국은 그것들이 그 인간을 만듭니다.

# 옮긴이의
# 말

　　'인권'이라는 개념이 인류 역사에 등장한 것은 18세기 후반의 일이다. 하지만 어떻게 사는 것이 인권을 누리는 행복한 삶인지는 시대와 사회적 조건에 따라 늘 달랐다. 전쟁의 광기가 시대를 압도하던 때에 사람답게 살 권리 따위는 꺼져가는 촛불처럼 애처로웠고, 인간의 힘을 넘어서는 엄청난 재난 앞에서는 목숨마저 부지하기가 어려웠다.

　그렇다면 전쟁이나 재난 등의 불가항력적인 상황에서

인권이 유기되는 것은 불가피한 일일까? 아마 그렇지 않을 것이다. 언제 어떤 상황에서든 보편적인 권리로서 보장되어야 마땅한 것이 바로 '인권'이라는 마지노선이 있기 때문에 인권을 유리한 사건들이 그렇게 오랜 세월을 두고 비판대에 오르는 것일 게다.

반면 인간의 일상생활은 개인의 권리를 제한하는 무수한 제약들로 난무한다. 개인이 속해 사는 사회의 안전한 질서 유지와 사람 하나하나의 자유가 상충하는 면이 많기 때문이다. 권리는 자유를 요구하지만 안전과 질서는 통제와 제약 없이는 성립하지 않는다. 이는 어쩌면 현대 사회가 안고 있는 딜레마일지도 모르겠다.

그러니 한 인간이 인간답게 사는 삶이 무엇인지, 나답게 살려면 어떻게 살아야 하는지를 결정하는 게 쉽지 않은 것은 당연한 일이다. 개인은 마음 내키는 대로 자신의 삶을 자유롭게 구가하고 싶어 하지만, 국가라는 체제 안에서, 사회라는 울타리 안에서 사는 한은 온전한 자유가 허락되지 않는다. 이 상반되는 가치 속에서 어떻게 사람으로서 사람답게 기본을 지키며 균형감 있게 살지는 각자의

자신의 취향으로
자신을 단련한다

몫이다. 때로 자신과 생각이 다른 사람의 의견에도 귀 기울여볼 필요가 있는 것은 이 때문이 아닐까. 개인이 구가할 수 있는 자유가 절대적이지 않은 이상, 상대와의 관계 속에서 자신의 내적 욕구를 확인하는 일은 그것이 어느 정도 허용될 수 있는지를 가늠하는 기회이며 또 이 세상에는 많고 많은 생각과 의견이 있다는 것을 아는 기회이기도 하다.

그런 의미에서 소노 아야코의 이 글 역시 일독의 가치는 있을 것이다.

어느 따스한 봄날에
김난주

# 자신의 취향으로 자신을 단련한다

**초판1쇄 인쇄** 2022년 6월 1일
**초판1쇄 발행** 2022년 6월 20일

**지은이**    소노 아야코
**옮긴이**    김난주

**펴낸곳**    도서출판 멜론
**펴낸이**    김태광
**편집**      멜론 편집부
**디자인**    노은하

**출판등록**  2007년 5월 23일 제2013-000334호
**주소**      서울 마포구 잔다리로 47 B1층 (서교동 373-3)
**전화**      02-323-4762
**팩스**      02-323-4764
**이메일**    mellonml@naver.com
**인스타그램**  @mellonbooks

ISBN      979-11-89004-43-9  03830